AF492399

Henry Kolt

Tutto come (im)previsto
La scatola delle Ex

*A tutto quello che non è stato,
perché non poteva essere.*

INTRODUZIONE

Quando saremo morti,
molte cose continueranno a esistere:
non gli amori, quelli li porteremo con noi.

Una sequenza fra le più intriganti del film di David Fincher, *Il curioso caso di Benjamin Button*, è quando la protagonista femminile, Daisy, interpretata dalla bellissima Cate Blanchet, viene investita da un'auto alla fine di una banale catena di eventi accidentali, tutti causati da imprevisti. Se anche uno solo di quegli eventi avesse avuto un esito differente, Daisy non si sarebbe rotta una gamba e la sua carriera di danzatrice non sarebbe stata stroncata e, forse, non si sarebbe mai innamorata di Benjamin.

La vita è come quella sequenza cinematografica.

Le nostre vite non sono altro che il risultato di eventi che si sarebbero potuti svolgere diversamente; i quali, a loro volta, sono stati la causa di altri, e così via. Come avremmo reagito, cosa avremmo pensato, quali decisioni avremmo preso se la vita o noi, un certo giorno, avessimo pensato o fatto una piccola cosa in modo diverso da come essa è stata pensata o fatta, non lo sapremo mai. Quello che è possibile prevedere è del tutto imprevedibile.

PROLOGO

La storia della Scatola delle Ex

Quando io e mia moglie ci trasferimmo in questo appartamento, erano i primi giorni del 1987, con lei ormai all'ultimo mese di gravidanza; da lì a poco, sarebbe nata la nostra bambina. Avremmo giusto fatto in tempo a traslocare e a sistemare i mobili. Lavoravo a Milano presso un giornale, uscivo di casa tutte le mattine poco dopo le sette e rientravo dodici ore dopo la sera.

Durante i giorni del trasloco, avevo recuperato dalla mia vecchia abitazione da single una notevole quantità di libri, giornali e documenti che non sapevo ancora come sistemare nella nuova dimora.

Alcuni libri furono disposti in libreria, altri, assieme alle vecchie riviste di fotografia, finirono in cantina.

Fra i documenti che preferii non tenere in casa, c'era una scatola al cui interno avevo conservato alcune lettere manoscritte.

Risalivano per lo più agli anni fra il 1971 e il 1979, fra queste ve n'erano alcune alle quali tenevo molto perché mi erano state scritte da ragazze che avevo amato.

Storie finite, alcune senza rimpianti, altre con punte di amarezza, e mi sarebbe dispiaciuto liberarmi di quelle lettere: facevano parte della mia vita e pensavo che un giorno, forse, le avrei rilette, anche se in quel momento non avevo tempo per quelle cose, c'erano impegni ben più importanti e pressanti a cui dedicare le mie energie

Presi la scatola e la deposi in cantina.

Passarono gli anni, ne trascorsero più di trenta e le figlie divennero due. Ormai adulte, se ne erano uscite di casa.

Durante tutti quegli anni, la cantina si era riempita degli oggetti più disparati. Un giorno pensai di scendere a mettere ordine, chissà quante cose avrei trovato ed eliminato.

Trovai la vecchia carrozzina servita per portare a spasso le bimbe, i loro passeggini ormai fuori moda, un fasciatoio e un box con le sponde alte, oltre a lampadari fuori uso, sacchi neri riempiti con le casette dei Polly Pocket, le mie vecchie riviste, vecchie foto, un'annata della Gazzetta locale con gli articoli che avevo scritto e, infine, uno scatolone dal cui fondo riemerse quella famosa scatola delle lettere che chiameremo, da adesso in avanti, *La scatola delle Ex*.

Sollevai il coperchio e vidi che le lettere erano ancora in buone condizioni, l'umidità non le aveva intaccate, erano solo molto in disordine e pensai che sarebbe stato un peccato lasciarle in quello stato, andavano messe a posto.

La richiusi e la portai in casa. A volte, fare i conti con il proprio passato può comportare delle sorprese, me ne accorsi quando incominciai a leggere e a ricordare ciò che il tempo, e io stesso, avevamo creduto di nascondere per sempre negli angoli bui di una cantina polverosa.

Le Ex . 1 .

Quella sera stessa andai a letto molto presto, il riordino mi aveva stancato non poco, e poi la scoperta di quei ricordi mi aveva lasciato un non so che, come una forte nostalgia.

Mi sdraiai accanto a mia moglie, col pensiero che correva ancora lungo il viale dei ricordi.

Ma sì, dai, non ci pensare, sono le tipiche cose che vengono in mente quando ci si sta per coricare, mi dissi.

Mia moglie già si era addormentata, presi un libro dal comodino e lessi qualche pagina, ma lo chiusi quasi subito e mi addormentai pure io.

Quella notte feci un sogno alquanto strano: le lettere, come per incanto, si misero a discorrere fra loro proprio con le voci delle ragazze che le avevano scritte.

Parlavano di me, ma io non potevo intervenire, potevo solo ascoltare.

Giorgia *«Uh... non ci posso credere, finalmente! Da quanto tempo non vedevamo la luce!»*

Sofia *«Forse una ventina d'anni?»*

Sabrina *«Di più, di più, almeno quaranta.»*

Giorgia *«Ci aveva stipate qui dentro nella scatola tutte assieme almeno due traslochi fa!»*

Viola *«E poi giù in cantina al buio in quell'orrendo scatolone, e dire che prima io stavo in un bel cassettino della scrivania!»*

Sonia *«E che ti credi? Tutte stavamo lì, poi chissà che* *gli ha preso!»*

Asia *«Pensate, ha tenuto anche la mia, ma voi avete capito dove siamo?»*

Veronica *«Nel suo appartamento, mi sembra di aver visto una donna aggirarsi nella stanza, una che non è nessuna di noi!»*

Rosy *«Deve essere la moglie.»*

Viola *«Eh... però lui ci pensa sempre a noi!»*

Alice *«Forse a me un po' più che a te, eh?»*

Sofia *«Beh, vi mettete a litigare? Cerchiamo di capire che intenzioni ha, piuttosto!»*

Giorgia *«Ci vorrà bruciare?»*

Alice *«Ma che, sei scema? Dopo tutto questo tempo?»*

Rosy *«No, ci vuole leggere, scommettiamo?»*

Giorgia *«Sì, e ci sta mettendo in ordine!»*

Sabrina *«A me sembra che stia anche scrivendo qualcosa...»*

Mi svegliai il mattino in preda a un forte turbamento, quelle voci le avevo ancora nelle orecchie, sembravano così vere! Riaprii la scatola e scorsi le lettere a una a una.

A mano a mano, i ricordi si facevano più nitidi, cose che avevo dimenticato, sfumature, pensieri, situazioni che facevo fatica a ricordare di aver vissuto. Eppure, erano successe.

Era un sabato, giornata di riposo, senza impegni pressanti, allora cominciai a scrivere.

Scrissi tutto il giorno e il giorno dopo ancora. Il lunedì tornai in ufficio, lo scrivere faceva parte del mio lavoro anche se avevo nel frattempo cambiato attività: stilare report aziendali era diverso.

Mi ripromisi di continuare a fissare i miei ricordi su carta a casa, la sera, ma ovviamente rientravo molto stanco e come spesso succede, passata la prima fase di entusiasmo, presto mi dimenticai delle lettere fino a quando un bel giorno accadde un fatto inaspettato.

29 maggio 2018 – ore 12

Il ritorno di Alice (parte prima)

Da quando Alice e io avevamo litigato, erano trascorsi quarant'anni.

Da allora, non ci eravamo più incrociati, ma adesso la stavo aspettando davanti al Bar Indipendente.

Con gli anni avevo smesso di pensare a lei, anche se qualche volta spuntavano, senza preavviso, certi ricordi.

Negli ultimi mesi avevo anche provato a cercarla sui social, ma senza tanta convinzione e senza successo; sui social ci si va per mille e passa motivi, io iniziai ad andarci per controllare le figlie quando, poco più che quindicenni, cominciavano a essere digitalmente attive, una preoccupazione che i papà delle generazioni precedenti alla mia certamente non avevano.

Qualche anno addietro, ero passato a utilizzare questo strumento di comunicazione anche come passatempo, il che mi aveva consentito di riprendere i contatti con amici e amiche di un tempo e stringere ovviamente anche nuove amicizie virtuali.

Di Alice, però, nessuna traccia: mi ero rassegnato al fatto che sarebbe rimasta uno di quei tanti ricordi evanescenti, di un periodo lontano, che anno dopo anno si sarebbe sbiadito ancor più per riemergere magari all'improvviso, come capita ai vecchi prossimi alla morte.

Una sera, senza che me lo aspettassi, mi era giunta la sua richiesta di amicizia, *Alice Ferreri*.

Un tuffo al cuore, non ci potevo credere, era proprio lei! L'avevo accettata immediatamente. Ci eravamo scambiati i saluti e qualche *like*.

Dopo poche settimane, non avevo resistito all'idea di proporle un *rendez-vous*, che lei aveva accolto senza indugio.

Già, ma dove incontrarci?

I *nostri* bar di un tempo erano scomparsi, senza contare che ritornare in certi luoghi sarebbe stato un problema: emotivo, senza alcun dubbio.

Le avevo proposto un locale sopravvissuto ai nostri tempi andati, che entrambi conoscevamo bene, anche se all'epoca in cui ci frequentavamo non ci andavamo mai.

Giunsi all'appuntamento in anticipo di un quarto d'ora. Poco prima di mezzogiorno, per ingannare l'attesa, feci un ultimo giro attorno all'isolato immaginando come sarebbe stato il nostro incontro. Ero nervoso e quasi pentito di essere lì, forse sarebbe stato meglio non rivederla: che senso aveva dopo tanto tempo?

E, comunque, non avevo intenzione di riaprire relazioni complicate.

Tuttavia, era come farsi guidare da un richiamo irresistibile, di quelli che non si possono ignorare.

Mentre osservavo con scarso interesse la vetrina di un negozio di piantine e sementi e mancavano ancora cinque minuti all'appuntamento, nello spostare lo sguardo lungo il portico, scorsi in lontananza la sua figura esile, inconfondibile ancora dopo tutti quegli anni.

Anche lei mi aveva riconosciuto e stava agitando le braccia in segno di saluto. Ci avvicinammo accelerando il passo e ci stringemmo in un abbraccio fortissimo e interminabile!

29 maggio 2018 – ore 23

Cominciai a sognare

L'incontro con Alice mi aveva scombussolato. Quella sera, le scrissi una breve lettera e poi cercai di prendere sonno.

Mi distesi nel letto, chiusi gli occhi, e per un istante non ebbi più coscienza di me. Cosa mi stava succedendo?

Era come sentirsi avvolto da una spirale che veniva da lontano e che si insinuava nell'anima.

Mi sentivo imprigionato, ma potevo spostarmi con la mente fra le spire, tra i ricordi che potevo scorrere in un senso e nell'altro, avanti e indietro, nel tempo.

Fui incuriosito da alcuni fatti di tanti anni prima. Caddi in un sonno profondo e cominciai a sognare.

I

1° ottobre 1960 – luglio 1971

Ma tu non dovresti essere qua...

Quel mio primo giorno di scuola era stato un vero trauma.

Il primo ottobre 1960 compivo sei anni, essendo nato una domenica del 1954, e avrei quindi cominciato la prima elementare. Mia madre doveva avere molta fretta, quella mattina, perché mi lasciò quasi subito in un corridoio gremito di bambini di tutte le età indicandomi una suora e se ne andò.

Non so come, mi trovai in un'aula molto grande dove tutti gli altri già si conoscevano mentre io non avevo nessuno con cui parlare.

«E tu chi sei?» mi domandò la maestra.

Dissi il mio nome, e mi accorsi che l'insegnante non era molto convinta, ma mi indicò un posto al primo banco.

Mi sedetti e cominciai a guardarmi intorno decisamente spaesato. Avevo la sensazione che qualcosa non filasse per il verso giusto, e avevo ragione: infatti, poco prima dell'intervallo di metà mattina – ma il tempo trascorso m'era già sembrato un'eternità – una suora entrò in aula

9"

tutta trafelata e mi chiamò.

«Ma tu non dovresti essere qua, la tua aula è al primo piano!» Avevo sbagliato classe: non sapendo leggere, non mi ero accorto che sulla porta c'era scritto 2° elementare e non 1°!

Venni accompagnato alla mia aula dove, nel frattempo, tutti i bambini avevano già fatto conoscenza.

Così, anche con loro, feci la figura dell'ultimo arrivato. La mia carriera scolastica si annunciava già disastrosa!

Un'educazione di genere maschile

«Tu! Mettiti in porta. E tu, Angelo, vai in attacco, io sto in difesa.»

«Io faccio il libero.»

Io facevo sempre il libero e l'unico amico che avevo, conosciuto all'asilo, assegnava i ruoli a tutti.

Le giornate si stavano facendo più calde, era la fine di maggio ed era bello giocare a pallone dopo pranzo in attesa delle due ore di lezione pomeridiane.

Dopo, saremmo tornati finalmente a casa al termine di un'intera giornata di scuola.

Stavo concludendo la quarta elementare e l'anno seguente avrei cambiato scuola, come del resto tutti i miei compagni, perché lì noi maschi non avremmo potuto frequentare la quinta.

La mia era, infatti, una scuola particolare.

I miei genitori mi avevano iscritto in un istituto religioso gestito da suore. A causa di quella scelta, e complice il fatto di essere nato primo di tre fratelli maschi, la consapevolezza di poter interagire con l'altro sesso avvenne decisamente in ritardo.

Infatti, nonostante le classi fossero miste, i bambini e le bambine venivano tenuti il più possibile separati: durante le lezioni in aula, per esempio, i maschi stavano da una parte della stanza, le femmine dall'altra in banchi a due posti, di modo che ciascuno avesse a fianco un compagno dello stesso sesso.

I banchi avevano un buco in alto a destra, per il calamaio, che la maestra riempiva tutte le settimane con inchiostro nero. La scuola riforniva di inchiostro, ma penne, pennini, quaderni e carta assorbente facevano parte del corredo scolastico che ogni studente doveva procurarsi.

Le suore ospitavano gli allievi maschi dalla materna fino alla quarta elementare praticando, nei fatti, un vero e proprio severo regime di *apartheid* di genere.

Noi avevamo, talvolta, l'impressione di essere degli intrusi, penetrati inopinatamente in un luogo dove le femmine regnavano sovrane, nonostante le rette mensili praticate dalla scuola fossero le stesse per tutti.

Tuttavia, l'opinione delle suore era che i maschi dovessero essere trattati al pari delle femmine, sia pure entro certi limiti, questo per prevenire, nell'istituto, il sorgere di possibili complicazioni.

Nella realtà, a parità di doveri, i maschi godevano di minori diritti: potevamo infatti aggirarci nell'istituto solo entro i limiti di aree consentite.

Essendo di natura rumorosi, bisognosi di ampi spazi per giocare e correre più delle femmine, ci veniva permesso di occupare metà del grande cortile che confinava con il giardino, ma non di entrarvi.

«Signora maestra, perché non possiamo venire anche noi in giardino?»

Lo domandavamo spesso, in coro, durante le belle mattinate di primavera, ma l'insegnante non ci portava mai.

«No, ragazzi, restate in cortile a giocare, c'è suor Maria che si occuperà di voi.»

Sempre la solita risposta.

Mi sarebbe piaciuto vedere il giardino.

Durante i quattro anni in quella scuola, non ci ero entrato mai una volta, neanche per sbaglio.

C'erano fiori, e fontanelle, aiuole e arbusti: tutte cose molto fragili da trattare con delicatezza e noi maschi eravamo creature rozze e brutali, del tutto prive di sensibilità femminile, quindi era meglio che ci tenessero lontani.

Questo era ciò che le suore pensavano di noi, ormai lo avevamo capito tutti: quel luogo era riservato solo alle femmine.

Durante l'intervallo di metà giornata una parte del cortile, invece, veniva utilizzata per giocare a pallone.

Le bambine occupavano in ogni caso il resto dello spazio per giocare a pallavolo o a palla avvelenata, a volte saltavano la corda.

Il salto della corda veniva praticato anche in un salone, *off limits* ai maschi anche quello.

Solo nelle giornate di pioggia ci si poteva trovare tutti nel salone, un'area *double face* che si trasformava in platea in occasione di rappresentazioni teatrali.

Poiché alcuni locali erano destinati alle ragazze più grandi delle scuole medie, talvolta, attraversandoli di corsa, senza pensare minimamente di potersi fermare, avvertivo uno strano profumo, evidentemente il risultato di decine di tempeste ormonali femminili in piena attività.

«L'anno prossimo», diceva sempre il mio amico, «vedrai che sarà tutta un'altra cosa, intanto non avremo più a che fare con quelle mocciose delle nostre compagne.»

«Alleluia!»

«E poi sai, avremo un cortile tutto per noi e un campo di calcio quasi regolamentare.»

«Un amico di mio fratello mi ha detto che dai preti si gioca tantissimo a calcio, è quasi come una materia vera e propria!»

Noi bambini eravamo tutti eccitatissimi, anch'io non vedevo l'ora di passare alla nuova scuola.

Come previsto, alla fine della quarta elementare, non paghi di questo singolare regime educativo, mamma e papà mi iscrissero presso l'istituto dei preti.

Si passava così a un altro regime, questa volta di vera e propria misoginia.

In quell'istituto le ragazze erano addirittura bandite e se questo semplificava di molto gli aspetti organizzativi, come per esempio la gestione dei servizi igienici, impediva del tutto il nascere di amicizie fra ragazzi e ragazze.

In quella scuola frequentai la quinta elementare, i tre anni di medie e il primo anno del liceo scientifico.

Il regime scolastico era molto rigido.

Tutte le mattine dovevamo trovarci, alle otto in punto, presso la cappella interna per assistere alla messa obbligatoria: lì si raccoglievano i ragazzi dalla quinta elementare ai tre anni delle medie, in tutto un centinaio. I liceali potevano seguire la messa nel santuario aperto al pubblico.

Dopo la funzione del mattino, noi *piccoli* ci radunavamo

in cortile, grande come due campi di calcio affiancati, i ragazzi suddivisi per classe e allineati in fila a due a due.

Il prete Consigliere soffiava in un fischietto che teneva sempre al collo, e quello era il segnale di fare silenzio. Non dovevamo emettere alcun suono.

Poi le classi, una alla volta, venivano invitate a salire in modo composto nelle aule mantenendo l'allineamento come un drappello militare.

Se durante il tragitto qualcuno avesse anche solo osato parlare o rompere l'allineamento, avrebbe ricevuto un mazzo di chiavi in testa lanciato con violenza dal terribile Consigliere, un prete magrissimo e molto nervoso che si aggirava in continuazione per le scale per reprimere sul nascere qualsiasi manifestazione di indisciplina.

Durante i tre anni di medie, noi maschietti dovemmo accontentarci di guardare le ragazze solo dalle finestre della nostra aula.

«Ehi, guarda quella!» ci dicevamo l'un l'altro, incoraggiandoci.

«L'altra è più carina, te ne sei accorto?»

Alcuni ragazzi, quelli tra i più intraprendenti, si lanciavano in morigerati apprezzamenti estetici. Le parolacce erano ovviamente bandite, così come i fischi per richiamare qualche ragazzina mentre passava di sotto.

Io non vedevo niente perché il mio banco era collocato alla parte opposta delle finestre.

«Invece di mirare alle gazzelle, fareste meglio ad aprire il quaderno, su!»

Quello era l'immancabile commento del professore che ci richiamava all'ordine non appena qualcuno sgarrava.

Le ragazze, però, continuavano a sfilare sotto le nostre finestre che davano sul viale che, dalla stazione, le portava alle loro scuole, le *famigerate* scuole pubbliche.

Va detto che io, a quel tempo, non ero ancora attratto dall'altro sesso e, tutto sommato, stavo bene così. Mi sarebbe piaciuto, tuttavia, conoscere qualche femmina perché avvertivo dentro di me una strana curiosità che non sapevo ancora definire con precisione: potrei definirlo interesse misto a inquietudine che mi accorgevo di provare per la prima volta. Chissà cos'era?

Quanto al calcio, era *vero* ciò che ci era stato detto: il campo era molto grande, anche se tutto quel tempo per giocarci, in verità, non l'avevamo, se si escludeva la pausa pranzo che io però facevo a casa.

«Chi vuole giocare a calcio, può dare il nome e iscriversi al Nucleo», ci propose un giorno il professore di ginnastica. «Gli allenamenti sono dalle 17 alle 19.»

Provai qualche volta, sfidando le intemperie e il freddo autunnale che quell'anno era particolarmente pungente ma desistetti dopo poche serate, con grande sollievo di mio padre che doveva uscire di casa dopo essere tornato stanco dal lavoro per venire a recuperarmi.

Quello sport non faceva per me, alla fine: correvo tanto, ma non riuscivo mai a prendere possesso della palla e tutto il divertimento sfumava sopraffatto dalla fatica di stare al passo con gli altri.

Durante le vacanze estive, la situazione per me non era poi tanto diversa per quanto riguardava le amicizie femminili.

I miei genitori, con qualche sacrificio, avevano potuto acquistare una bella villetta sulle alture occidentali del Lago Maggiore: una casa molto ampia, circondata da duemila metri quadrati di giardino all'inglese.

In quello spazio organizzavo i miei giochi solitari.

Mia madre, nonostante il diploma di ragioniera, non lavorava, avendo scelto di fare la casalinga per potersi occupare dei figli.

Effettivamente, lo stipendio di mio padre era più che sufficiente per tirare avanti e la mamma sapeva amministrare le spese e i conti in modo egregio.

La decisione di prendere una casa sul lago era funzionale sia per passare le vacanze tutti assieme che per permettere a noi e alla mamma di trascorrere ben tre mesi estivi al fresco invece che in città.

Nei lunghi pomeriggi assolati, tiravo calci a un pallone nel cortile di servizio oppure costruivo qualcosa intrecciando rami e foglie all'interno di un enorme rododendro.

C'erano dei miei coetanei con i quali riuscivo a passare qualche piacevole ora di svago, giocavamo a nascondino negli immensi giardini delle loro ville, talvolta organizzavamo delle scalate in bicicletta al Mottarone, oppure si giocava a tennis nel campo, preso a nolo, di un lussuosissimo hotel ma, di ragazze, neppure l'ombra.

All'età di quindici anni, mia madre probabilmente iniziò a preoccuparsi del mio stato evolutivo preadolescenziale.

Mi propose un libro acquistato dalle suore Paoline che a quei tempi stava avendo molto successo, *Amare* di Michel Quoist, romanzo di formazione per adolescenti di sesso maschile, di impostazione rigorosamente cattolica, che abbandonai però quasi subito giudicandolo troppo *spinto* e fonte di turbamenti su cui non volevo ancora soffermarmi.

Questo la diceva lunga, in termini di repressione, sulla mia sfera affettiva e sessuale a cui ero stato sottoposto grazie alla buona educazione impartitami.

Durante quella prima estate sul lago, mia madre invitò la sua migliore amica che giunse accompagnata dalla figlia a me quasi coetanea.

Lo scopo non dichiarato era, evidentemente, quello di favorire un incontro ravvicinato; infatti, le nostre genitrici ci costrinsero ad andare a fare due passi, mentre loro si sarebbero sorbite un tè in santa pace.

Ricordo quella passeggiata come una specie di incubo: io e quella ragazza ci incamminammo verso un belvedere da dove si poteva ammirare una vasta porzione di lago assieme alle isole Borromee.

Per un po' le feci da Cicerone, ma dopo averle raccontato le particolarità della località in cui ci trovavamo, mi accorsi improvvisamente di non avere più nulla da dire.

D'altra parte, avevo la sensazione che nemmeno lei si aspettasse qualcosa da me.

In breve, il resto dell'escursione proseguì quasi in silenzio, spezzato ogni tanto da qualche domanda che riuscivamo a scambiarci timidamente e alle quali rispondevamo a monosillabi.

Fine del discorso. Orizzonte sgombro, nessun colpo di fulmine in avvicinamento.

Mia madre, tuttavia, non si diede per vinta: un giorno volle che l'accompagnassi a far visita a un'altra amica che trascorreva l'estate nel paese vicino al nostro, raggiungibile a piedi.

Anche questa sua conoscenza aveva una figlia che, com'era ovvio, non avevo mai visto in precedenza. Mi fu spiegato che mi stava aspettando al bar del paese con un gruppo di amici. Raggiunsi dunque il locale dove una decina di ragazzi e ragazze avevano già occupato i tavolini.

Lei, vedendomi, si alzò e si presentò invitandomi a prendere posto.

Purtroppo, ricordo un pomeriggio imbarazzante perché non riuscivo a partecipare in alcun modo alle loro conversazioni piene di gossip e riferimenti a persone e fatti che non conoscevo, sentendomi fuori luogo.

Di quella fanciulla, ricordo solo due bellissime gambe che teneva scoperte grazie a una minigonna essenziale. A un certo punto, la compagnia decise di spostarsi in un altro bar di un paese vicino.

«Vieni anche tu?» mi chiese lei con fare gentile.

«Non saprei... sono a piedi» dovetti, mio malgrado, rispondere.

«Non c'è problema, ti fai portare da qualcuno, qui siamo tutti motorizzati.»

Mi guardai attorno, ma non vidi nessuno smanioso di portarmi.

«No, ti ringrazio, poi faccio tardi.»

«Non preoccuparti, possiamo avvisare tua madre, ti riportiamo noi a casa.»

«Sei gentile, ma preferisco rientrare, magari un'altra volta.»

«Come vuoi, non insisto.»

Lei aveva un motorino monoposto e non mi poteva accompagnare e io mi ero annoiato già abbastanza e poi, a dirla tutta, non mi andava di salire in moto con uno sconosciuto. Fine della parentesi mondana.

I miei insuccessi con l'altro sesso erano da imputare a riservatezza e timidezza eccessive che cominciavano a infastidire anche me: dovevo sembrare insopportabile per quanto, osservando oggi le foto di quegli anni, non fossi esteticamente del tutto da disprezzare, ma di questo non me ne rendevo conto.

Di conseguenza, gran parte del tempo libero lo passavo ad annoiarmi.

Nella piccola frazione residenziale c'era anche una chiesetta, frequentata dai villeggianti per la funzione domenicale, molto attiva anche durante la settimana per la presenza di un prete che trascorreva le ferie nella casa adiacente, quindi molto presente e, soprattutto, coinvolgente.

Non avendo altro di meglio da fare, tutte le mattine alle undici raggiungevo la chiesa in bicicletta e aiutavo il sacerdote nella celebrazione della messa del mattino.

Facevo, insomma, il chierichetto, una mansione che conoscevo bene per averla svolta nella cattedrale della mia città durante gli anni del catechismo e per tutta la durata delle elementari. Il sacerdote era contento dei miei servizi e io pure.

Nel 1968, ero alle prese con l'ultimo anno delle medie.

Ricordo i telegiornali che mostravano le immagini delle insurrezioni studentesche alla Sorbona a Parigi, ma all'interno delle mura della mia scuola nulla di tutto quello trapelava, sembrava di stare in un mondo a parte, o forse questo volevano farci credere.

Quegli eventi designarono, in maniera globale, l'insieme dei movimenti di rivolta che si verificarono nella capitale francese tra il maggio e il giugno 1968. Costituirono, in poche parole, la vasta rivolta spontanea, di natura sociale, politica ma anche filosofica, indirizzata contro la società tradizionale: il capitalismo e l'imperialismo. Scatenati da una rivolta della gioventù studentesca, si estesero anche al mondo operaio e successivamente a tutte le categorie della popolazione, coinvolgendo l'intero territorio nazionale.

Si trattò, senza ombra di dubbio, di una contestazione multiforme di tutti i tipi di autorità. Il paese intero si paralizzò per diverse settimane, tra discussioni, dibattiti, assemblee generali e riunioni che si svolgevano un po' ovunque: per strada, all'interno delle imprese, nelle amministrazioni pubbliche e anche nelle scuole superiori e nelle università, ma anche nei teatri e in tutti i luoghi di aggregazione giovanili. Una vera e propria esplosione sociale, confusa, violenta e complessa, ma anche illusoria, portando avanti la convinzione di avere la possibilità di ottenere una trasformazione radicale della vita e del mondo.

Dopo quei fatti, che mi avevano particolarmente colpito, partecipai per l'ultima volta ai soliti esercizi spirituali: tre giorni di preghiere e riflessioni durante le quali ci venivano proposte letture e meditazioni di ogni genere.

Mi capitò di leggere un articolo in cui il giornalista metteva in guardia noi giovanissimi dall'influsso malefico di certe canzoni che andavano, allora, per la maggiore, come per esempio *House of the rising sun* degli Animals, che mi fece riflettere.

«Non lasciatevi trarre in inganno, la musica può essere gradevole, ma il testo è peccaminoso.»

Questo era, in sostanza, il succo del ragionamento. Come noto, la canzone è ambientata in un bordello, particolare che ovviamente non veniva specificato.

I tre anni di scuola media giunsero alla loro conclusione e fui promosso a pieni voti.

A quel punto, dovetti scegliere *dove* proseguire gli studi e, poiché determinate istituzioni totalitarie agiscono quasi come sabbie mobili dalle quali è difficile uscire, non vedevo altra soluzione che proseguirli in quello stesso istituto.

Avrei scelto il liceo scientifico, perché quello c'era. Se ci fosse stato il liceo classico o una scuola tecnica avrei probabilmente optato per una di queste.

Non potendo, quindi, nemmeno lontanamente immaginare l'esistenza di una realtà diversa fuori da quelle rassicuranti mura, mi iscrissi al primo anno di liceo scientifico.

Quell'anno trascorse abbastanza bene, nonostante l'insegnante di disegno mi rimandò a settembre. Giudicai quella decisione persecutoria nei miei confronti.

Intendiamoci, non che mi ritenessi o fossi esente da pecche, ma assieme a me lo erano circa i tre quarti della classe, ma solo io venni rimandato.

Superato l'esame di riparazione, presi dunque la decisione di continuare il liceo presso l'istituto statale esistente in città.

Le difficoltà, però, non si fecero attendere. Quando a Milano esplose la bomba a Piazza Fontana, mi trovavo alle prese con un programma di latino e matematica da recuperare.

Quella sera ero rincasato poco prima di cena, ed ero molto stanco; ero sdraiato sul letto ad ascoltare la radio.

La trasmissione si interruppe e ascoltai il giornale radio che dava la notizia dell'esplosione.

Non mi stavo accorgendo che il mondo attorno a me stava cambiando perché ero concentrato su aspetti, per così dire, secondari rispetto alle trasformazioni sociali, come per esempio le eccezioni della seconda declinazione latina, i verbi passivi latini e le equazioni di secondo grado.

Andavo a lezione di latino, ebbene sì.

Rispetto alla scuola precedente, mi trovavo in una classe con insegnanti assai più esigenti e sbrigativi.

Inoltre, a scuola incominciavano ad accadere cose mai viste: scioperi, cortei, manifestazioni in appoggio alle lotte operaie, discussioni, oltre alle telefonate che annunciavano bombe pronte a esplodere che, fortunatamente, non si trovavano mai, ma che avevano però il *pregio* di fare evacuare le aule e impedire una mattinata di lezione.

Il giorno successivo a questi allarmismi, sarebbero seguite ampie discussioni sull'accaduto alle quali si sarebbero associati non malvolentieri i professori i quali evidentemente coglievano l'occasione di trascorrere una mattinata in modo più distensivo.

Altre discussioni, nel corso dell'anno, avrebbero toccato temi come la scuola, la società, o altri interrogativi fondamentali: *si dovrebbe cambiare prima la scuola o la società?*

Su una domanda come questa si potevano spendere ore e ore a discutere. Oppure, *la storia è fatta dai grandi personaggi o dall'azione delle masse?*

Nel nuovo contesto mi muovevo come il tipico pesce fuor d'acqua.

Quando un'interrogazione programmata saltava, l'insegnante di turno era solito chiamare a caso, ma due volte su tre era sempre il mio nome a uscire. Collezionavo insufficienze una dietro l'altra soprattutto perché quel tipo di scuola mi terrorizzava.

I professori mi terrorizzavano, ma anche i miei compagni con i quali non stavo assolutamente legando.

Per un tipo solitario e asociale come ero io, inserirmi in una classe dove tutti si conoscevano per aver trascorso il primo anno assieme non fu proprio il massimo.

Il mio rendimento scolastico si rivelò pessimo. Nonostante gli sforzi per studiare, non riuscivo ad apprendere, ero paralizzato dalla paura e dall'assoluta mancanza di relazioni con i compagni che mi ignoravano quasi come fossi un corpo estraneo arrivato da chissà dove.

Tale era il mio disagio da far pensare che un caso come il mio si sarebbe potuto oggi classificare fra quelli affetti dalla sindrome di Asperger che contempla fra i vari disturbi quelli della interazione sociale e della comunicazione verbale e non verbale.

«Perché non sei rimasto dai preti?» mi chiese il professore di italiano e latino dopo l'ennesima interrogazione andata male.

«Non mi trovavo bene» fu la mia risposta sincera quanto banale.

Il professore inarcò il sopracciglio e concluse: «Devi studiare di più, di latino è chiaro che ti mancano le basi.»

Mostrando un'invidiabile indole stoica, nulla riusciva a scompormi, accettavo tutto con *nonchalance*.

Alla fine di quell'anno ebbi tre materie da riparare a settembre: matematica, latino e inglese, mi trovavo sull'orlo della bocciatura.

Oltretutto, mi ero perso una fase importante nella vita di un giovane adolescente, e cioè quella delle cotte per le ragazze, che non frequentavo, né conoscevo, dei primi amori, dei primi balli, delle feste e dei lenti dove i miei compagni di classe – come raccontavano quando parlavano fra di loro e io li ascoltavo senza partecipare alle loro discussioni – potevano mettere le mani sulle ragazze sia pure con casta moderazione. Per me, *A whiter shade of pale* o *Je t'aime... moi non plus* erano soltanto delle belle canzoni, nulla più.

Mi presi, pertanto, quelle tre materie a settembre che a

dispetto delle previsioni di tutti riuscii a riparare con le mie forze.

Imparata la lezione, la terza liceo fu superata senza code settembrine, mi misi a studiare in modo meno emotivo, addirittura con qualche timida apertura nei confronti di qualche compagno di classe.

Venni promosso a giugno e fu grazie a quella promozione che i miei genitori decisero di premiarmi regalandomi un soggiorno di studio a Londra.

Andarmene fuori dalle palle per un po' – questo il concetto sottinteso – non avrebbe potuto che farmi bene. E così, sia pure a modo mio, fu.

30 maggio 2018 – ore 2.30

... verso le due e mezza

Mi svegliai verso le due e mezza e andai in cucina a bere un bicchiere d'acqua.

Tornai a letto ma non ripresi subito sonno, quindi andai a prendere la scatola delle lettere e mi immersi nei ricordi, rivedendo gli anni della mia adolescenza: erano successe molte cose che stavo confondendo e quindi cercavo di rimetterle in ordine.

Mi ricordai di quelle tre settimane a Londra come se fossero state uno spartiacque nella mia vita.

II

Agosto 1971

Woodside Park Road, Londra

Il Boeing 737 aveva cominciato a beccheggiare fin dal decollo, eppure il cielo era limpido, senza una nube che potesse far presagire cattivo tempo. C'era solo vento, tanto vento.

Al mio battesimo dell'aria non me lo sarei aspettato, ero sicuro che il viaggio sarebbe stato tranquillo. Certo un po' di apprensione c'era, non ero mai salito su un aereo. Il charter era partito in orario da Milano Malpensa e stava volando verso Londra Gatwick, saremmo arrivati dopo circa un'ora.

Io, però, stavo sempre peggio: quando vennero annunciate le manovre di avvicinamento all'aeroporto e l'aereo stava già scendendo di quota, con bruschi salti improvvisi – i tipici vuoti d'aria – avevo lo stomaco in subbuglio e la nausea era quasi fuori controllo.

Riuscii a impadronirmi del provvidenziale sacchettino dove eventualmente rigettare e lo strinsi sempre più forte con le mani madide di sudore freddo, cercando di tranquillizzarmi.

La vacanza studio in Inghilterra non era proprio così comune come è diventata al giorno d'oggi: avevo scelto Londra, meta che si stava imponendo con prepotenza sulla cultura giovanile. Londra era la patria dei Beatles, dei Rolling Stones, di Carnaby Street, delle minigonne, e rappresentava libertà di pensiero e costumi intriganti, del tutto privi di quei risvolti ideologici che si stavano diffondendo in Italia e che stentavo a comprendere. Mi ero iscritto a un corso di inglese *late intermediate* per migliorare la mia *fluency* tremendamente scolastica e a rischio continuo di insufficienza.

L'aereo era quasi sulla pista, forse ce l'avevo fatta a controllare lo stomaco, ma improvvisamente un ultimo vuoto d'aria a pochi metri dall'impatto con il suolo rese tutto vano; lo stomaco cedette e un conato improvviso mi colse impreparato a mirare il sacchetto che nel frattempo avevo deposto sul sedile a fianco.

I vuoti d'aria erano finiti, l'aereo stava rollando in decelerazione verso il centro pista, ma mi ero sporcato la manica del pullover.

Il tragitto verso la casa che mi avrebbe ospitato per tre settimane avvenne in un tipico taxi nero londinese. Mi sistemai sui posti dietro fra altri due giovani del gruppo, alla mia sinistra una ragazza molto carina tenne appoggiata la testa sulla mia spalla per tutto il non breve trasferimento verso il centro di Londra.

Situazione delicata e imprevista: avrei voluto sistemarmi più comodamente, ma ero occupato a nascondere la macchia di vomito per fortuna non maleodorante, evitando qualsiasi movimento che sarebbe potuto risultare fatale.

Il taxi finalmente mi scaricò per primo in Woodside Park Road, una via ubicata nel nord di Londra, sulla linea nera, la Northern Line dell'Underground londinese.

La casa era simile a tante altre di quella via, in stile vittoriano uni o bifamiliari. Era gestita da due vecchiette irlandesi che arrotondavano la pensione ospitando decine di studenti che provenivano dai quattro angoli del pianeta.

Venni sistemato in una stanza con altri due ragazzi. Uno spagnolo e uno iraniano.

L'iraniano aveva quattro o cinque anni più di me, praticamente un *anziano*, dal mio punto di vista: imparai a conoscerlo e scoprii che era un fan delle riviste porno, di quelle che non solo non avevo mai sfogliato, ma di cui apprendevo per la prima volta l'esistenza.

Il soggiorno in quella casa era pieno di sorprese multiculturali. Un ragazzone di Berna non credette ai suoi occhi quando gli dissi di essere italiano.

«Ma gli italiani non sono tutti piccoli, coi baffi e la pelle scura?» mi chiese, incuriosito.

«Ehm no, cioè, anche...»

Gli spiegai che forse aveva conosciuto italiani del sud, in Svizzera del resto è facile, nel nord è diverso, l'Italia è molto varia. Lui mi guardò poco convinto.

Durante la prima colazione eravamo una decina, compresa una ragazza austriaca che ci raggiungeva sempre per ultima, dopo che noi eravamo già alle prese con tè, bacon e tutto il resto.

Si accomodava alla tavolata comune con indosso una sottoveste di raso bianco, tanto trasparente da lasciare ben poco all'immaginazione, attraverso la quale facevano bella mostra, nel silenzio assoluto di noi commensali, due splendide tette.

In breve, venni proiettato in una dimensione del tutto nuova alla quale però mi adattai con disinvoltura.

Nel gruppo partito con me c'erano una ventina di ragazzi e ragazze fra i diciassette e i trent'anni. Io ero fra i più giovani.

La scuola si trovava lungo una parallela della centralissima Oxford Street. Per raggiungerla, mi infilavo nell'Underground alle otto di mattina e, dopo una ventina di minuti, scendevo alla stazione di Tottenham Court Road, da lì proseguivo a piedi verso Oxford Circus; poco prima dell'incrocio con Regent Street, mi intrufolavo in una stradina per raggiungere la parallela di quella importante via commerciale per arrivare alla St. Giles School.

Le lezioni si svolgevano in aule molto piccole con i giovani studenti disposti ad anfiteatro di fronte all'insegnante.

Caso strano, ero l'unico italiano: gli altri parlavano lingue diverse, dal giapponese al finlandese.

Le lezioni erano molto interattive, basate sull'uso della lingua corrente, tutto sommato non molto impegnative. Attorno a mezzogiorno si interrompevano e io avrei dovuto raggiungere il gruppo degli altri italiani che si radunava all'inizio di Regent Street, per andare tutti assieme a pranzo sempre al solito ristorante.

Dopo la seconda volta, decisi di abbandonare il gruppo al suo destino; avrei dedicato il resto delle giornate, libero dalle lezioni, alla visita della città.

Esplorare Londra divenne il mio impegno quotidiano.

Quasi ogni giorno, all'uscita dalla scuola, i miei occhi si soffermavano a osservare due ragazzi teneramente abbracciati; lei stava raccolta nelle braccia di lui, indossava una gonna a fiori. Erano sempre intenti a baciarsi seduti per terra, lui appoggiato a una rientranza del muro dell'edificio.

Avevo portato da casa una macchina fotografica Kodak e una cinepresa a molla Paillard che mio padre mi aveva consegnato non senza apprensione.

Era una 8 mm che conteneva un rullino vergine della durata di una decina di minuti di filmato. Alternavo giornate visitando la città con la Kodak ad altre con la cinepresa e a volte non portavo nulla con me.

L'esplorazione si protrasse per giorni e giorni.

Mi ritrovai, una domenica mattina, allo Speakers' Corner di Hyde Park, dove ancora oggi si radunano i personaggi più disparati, alcuni assai originali: visionari, predicatori, poeti, che intrattengono il pubblico e i passanti si fermano ad ascoltare i discorsi più improbabili.

Uno di questi personaggi si faceva chiamare Jesus e sosteneva di essere la reincarnazione del Cristo. Biondo, con lunghi capelli alla nazarena fino alle spalle, vestiva una tunica bianca e parlava quasi sussurrando con aria e tono ispirati. Lo fotografai.

Adoravo i parchi londinesi, la libertà di stendersi sull'erba oppure affittare una sedia a sdraio e riposare fra una scarpinata e l'altra.

In particolare, mi piaceva St. James's Park, quel parco non troppo grande per i canoni londinesi, fra Trafalgar Square e Buckingham Palace, così romantico e intimo.

Un pomeriggio, mentre mi aggiravo da quelle parti, incontrai un mio compagno di corso, un giapponese di qualche anno più vecchio di me.

«*How are you?*» – «Come stai?» mi chiese.

«*Fine, thanks, and you?*» – «Bene, grazie, e tu?» gli risposi gentilmente.

«*I'm fine. Any plans for this evening?*» – «Tutto bene. Hai programmi per la serata?»

«*No, and you?*» – «No, e tu?»

«*Would you like to have dinner at a Japanese restaurant with me? You are my guest!*» «Vuoi venire a cena con me in un ristorante giapponese? Sei mio ospite!» mi disse sorridendo.

Non ero mai entrato in un ristorante giapponese. Ringraziai e accettai l'invito di buon grado.

Fu un'esperienza divertente, soprattutto quando una giovane e avvenente cameriera, come prima cosa, appena accomodati al tavolo, ci deterse il viso con un morbidissimo e caldo asciugamano: avrei voluto che continuasse all'infinito.

Fu il mio amico a ordinare anche per me, visto che il menù era stampato solo nella sua lingua.

Non ero abituato a quei sapori per me nuovi, ma delicati, e incuriosito assaggiai tutti i piatti.

Dovetti industriarmi con le bacchette che manovravo per la prima volta, ma in qualche modo ci riuscii.

Al termine della cena, gustammo un bicchierino di sakè. Solo all'uscita il mio amico si lasciò andare in scuse per me non comprensibili.

«*I apologise, my friend.*» – «Devo scusarmi, amico mio.»

Ero allibito, non capivo cosa ci fosse da scusarsi.

«*What do you mean?*» – «Per che cosa?»

«*The restaurant. It was not so good, I am so sorry, this is not real Japanese cuisine.*» – «Il ristorante non era molto buono. Mi rincresce, non era vera cucina giapponese.»

Il mio amico era desolato a causa della scarsa qualità del cibo che ci era stato servito.

Cercai di spiegargli che invece lo avevo apprezzato comunque, ma lo vidi ugualmente affranto e inconsolabile.

Da quel momento, però, incominciai a stimare la

sincerità e la sensibilità dei giapponesi.

Il quattro agosto, in Inghilterra, era una giornata particolare: quell'anno cadeva di mercoledì e nel mio vagare mi trovai casualmente a passeggiare sul Mall quando fui attratto da un assembramento di gente festante.

Mi avvicinai, incuriosito, mentre tutti stavano volgendo lo sguardo verso un bel palazzo rivestito di stucco chiaro. Domandai a un poliziotto: «*What is happening?*» – «Che cosa sta succedendo?»

«*Today is Queen Mary's birthday, this is Clarence House, Sir.*» – «*Oggi è il compleanno della Regina Madre, e questa è Clarence House, signore.*»

Era il compleanno della Regina madre, l'ultima imperatrice d'India e Regina d'Irlanda.

Guardai anch'io verso l'altro e vidi una vecchia signora con un grazioso e larghissimo cappellino colorato che salutava la folla. Non avrei saputo dire se stessi assistendo a un evento storico ma, ripensandoci ora, in qualche modo, lo era.

La madre di Elisabetta II compiva settantuno anni, essendo nata nel 1900 e, coincidenza, proprio come la mia nonna materna!

Talvolta, incontravo qualche membro del mio gruppo con il quale scambiavo poche parole di circostanza.

«Ciao, perché non ti si vede mai con gli altri?» mi chiese una ragazza di qualche anno più grande di me.

«Preferisco non perdere tempo, il gruppo è troppo dispersivo, da solo vedo molto di più» fu la mia lapidaria risposta.

«Lo sai che hai ragione? Ti andrebbe di fare un giro?»

«Magari, ci vediamo per cena?»

Ci trovammo in Oxford Street e ci concedemmo un paio di cheeseburger a un Wimpy Bar. Si chiamava Nicoletta, le raccontavo i resoconti giornalieri, lei ascoltava.

«Ti andrebbe di visitare il cimitero di Highgate?»

«La tomba di Karl Marx, giusto?»

«Già, come non andarci?»

Infatti ci andammo.

Un altro giorno mi propose di unirmi al gruppo di italiani perché qualcuno aveva organizzato un incontro con una ragazza inglese che avrebbe offerto tè e torte a casa sua.

La ragazza ci accolse sulle note di *Bridge over troubled water*, l'album di Simon & Garfunkel da poco uscito e che stava furoreggiando.

Con Nicoletta prendemmo a vederci piuttosto regolarmente, dalle parti di Oxford Street.

Una sera cenammo in uno dei soliti Wimpy, la mia cinepresa deposta sul tavolino. Ordinammo hamburger e patatine più un uovo strapazzato e ci mettemmo a parlare.

Terminata la cena, uscimmo e ci immettemmo nel flusso di Oxford Street. Nell'attraversare la strada verso Charing Cross, mi accorsi di non aver più con me la cinepresa. Afferrai Nicoletta per un braccio proprio mentre stavamo attraversando e la trascinai indietro. Lei si spaventò.

«Dobbiamo ritornare subito al Wimpy, ho dimenticato la cinepresa!»

«Oh caspita! Dai, corri, ti aspetto.»

Entrai nel ristorante e i miei occhi corsero al tavolino che avevamo lasciato nemmeno cinque minuti prima, la cinepresa era ancora dove l'avevo abbandonata. La presi incrociando uno sguardo di intesa con il cameriere che ci aveva serviti. Pollice alzato!

Raggiunsi Nicoletta.

«L'hai ritrovata!»

«Per fortuna! Sai, con tutto quello che avevo ripreso» minimizzai.

«Ma sei scemo? Mi sa che la cinepresa vale di più!»

Le giornate passavano, Nicoletta dovette anticipare il rientro in Italia e io ripresi a gironzolare per la city senza più compagnia.

A Londra in quei giorni davano il musical sulla vita di Evita Peron e una sera decisi di andarci.

Al termine, mi attardai nell'attesa della metro. Passavano carrozze tutte affollate, e ne lasciai andare via diverse sperando di trovarne una con posti a sedere, ero stanco; l'altoparlante annunciò l'ultima corsa prima della chiusura notturna. Mi affrettai e riuscii a salire, anche se purtroppo affollata come le precedenti.

Una ragazza mi si avvicinò, parlava un inglese stentato.

«*Excuse me, may I ask you a question, please?*» – «Scusami, posso farti una domanda?»

«*Sure.*» – «Certo» le risposi.

«*Do you know the name of the last station?*» – «Conosci il nome dell'ultima stazione?»

«*I don't know, look at the map.*» – «Non lo so, guarda la mappa» le risposi indicandogliela.

Come in tutte le carrozze, la cartina del percorso di quella linea era ben esposta.

«*Where are you from?*» – «Di dove sei?» mi domandò.

«*Italy, and you?*» – «Italia. E tu?»

«Ciao!»

Scoppiammo a ridere all'unisono e scoprimmo che saremmo dovuti scendere alla stessa fermata.

Era molto simpatica, nessuno di noi due si presentò, però. Parlammo di quanto entrambi fossimo colpiti dalla reciproca capacità di comprensione, era una studentessa di inglese pure lei: evidentemente stavamo facendo progressi, ma che delusione scoprirci della stessa nazionalità!

Ci salutammo all'incrocio di due strade dopo essere scesi in Woodside Park.

A volte mi chiedo ancora oggi che ne sarà stato di quella ragazza.

Le esperienze londinesi erano fatte anche di sciocchezze come questa che, però, rimangono ben impresse nella memoria.

Si stava avvicinando la fine della vacanza-studio e non avevo ancora chiamato casa, i miei dovevano essere in apprensione.

Telefonare non era affatto semplice. Escludendo la possibilità di chiamare dall'abitazione delle due vecchiette, bisognava farlo dalle cabine pubbliche: le tipiche cabine rosse disseminate dappertutto.

Si infilavano poche sterline nella fessura e si parlava all'operatore.

«*Good morning, I would like to call Italy.*» – «Buongiorno. Vorrei chiamare l'Italia.»

«*Your number, please?*» – «Il numero, per favore?»

A quel punto, bisognava comunicare il numero di telefono stando attenti a pronunciare bene lo *spelling* e riattaccare, stando però vicini all'apparecchio.

Dopo qualche minuto il telefono squillava, si sollevava la cornetta e si rispondeva: «*Hello*».

L'operatore allora apriva la comunicazione con la persona desiderata e la conversazione poteva avere inizio, ma occorreva disporre di una serie di monetine pronte a essere infilate nell'apparecchio poco alla volta per mantenere la connessione. Alcuni connazionali avevano scoperto che le monetine italiane di cinque lire andavano benissimo per mantenerla aperta all'infinito.

Durante il mio ultimo giorno di permanenza, per fortuna, mi ricordai di rifornirmi di un medicinale per la nausea in vista del rientro in Italia. Quella volta volevo essere previdente.

Entrai in una farmacia nei pressi di Woodside Park Road e riuscii a ordinare in un inglese accettabile la mia medicina.

«*S'il vous plait?*» – «Per favore?»

«*Pardon?*» – «Scusi?»

Una ragazza mi si avvicinò, con aria sconsolata.

«*Est tu francais?*» – «Sei francese?»

«*No, madmoiselle, je suis pas francais.*» – «No, signorina, non sono francese.»

«*Mais tu le parles bien!*» – «Ma lo parli bene!»

La mia pronuncia, in effetti, non era niente male, lo dicevano anche i miei compagni di scuola alle medie.

«*Désolée, je viens de l'Italie.*» – «Mi spiace, sono italiano» le risposi sorridendo.

«*Tu dis r comme les français.*» – «Pronunci la r come i francesi.»

Mi aveva sentito ordinare il medicinale e, a causa della mia erre moscia naturale, aveva sospettato un'origine francofona.

Passammo all'inglese, anche lei si trovava a Londra per perfezionare la lingua, ed era esattamente nella mia stessa situazione: zero amici, nessun contatto con il suo gruppo di francesi, visitava Londra a piedi, ed era pure carina.

Ma che sfiga! L'avessi incontrata due settimane prima!

«*Unfortunately, I'm leaving on a jet plane tomorrow*» – «Sfortunatamente, parto con l'aereo domani» le dissi citando la canzone di Peter, Paul and Mary, e lei mi sorrise.

La stessa sera mi ritrovai con tutto il gruppo per gli ultimi accordi prima della partenza.

Riuscii finalmente a scambiare due chiacchiere con le uniche due ragazze della mia età che facevano parte della spedizione. Asia era rimasta affascinata da Jesus.

«Che bello che era, e poi una sera mi ha invitata a casa sua a prendere il tè, peccato che non ho nessun ricordo di lui, che stupida sono stata a non fotografarlo.»

«Ah, ma io una foto gliel'ho fatta, allo Speakers' Corner» la informai.

«Davvero? Me la manderesti?»

«Certamente! Appena a casa te la spedisco.»

Mi svegliai. Avevo dormito poco e male. Come avessi fatto a scordarmi di Asia proprio non riuscivo a spiegarmelo, la sua lettera me l'ero dimenticata, e solo dopo averla riletta, mi resi conto che non le avevo mai più riscritto.

«Se vuoi, rispondimi.»

Finiva così.

Perché non le avevo risposto?

«Forse perché a te piaceva di più la mia amica?» mi suggerì la mia vocina interiore.

Il suo viso mi compariva come in filigrana dal foglio che tenevo fra le mani.

Asia avrà avuto diciassette anni, quando la conobbi.

Erano le uniche ragazze della mia età, lei e la sua amica, che avevo avuto modo di avvicinare a Londra.

Era avvenuto però solo durante l'ultimo giorno, prima di ripartire per l'Italia: ci eravamo trovati a camminare insieme per una via della città e, per scherzo, le avevo abbracciate tutte e due contemporaneamente, procedendo impacciato in mezzo a loro con una mano sulla spalla di Asia e l'altra sulla spalla di Chiara.

Una volta atterrati a Milano, Asia mi aveva dato il suo indirizzo per via della foto che le avevo promesso le avrei mandato.

Lettera di Asia, Milano, ottobre 1971

Scusa la carta che fa le pieghe, ma non ho trovato di meglio. Grazie per la foto di Jesus e fammi sapere quanto ti devo. È venuta molto bene e io, che quasi quasi non ci pensavo più tanto, adesso la guardo spesso e penso: «Dio, che bello» anche se non è proprio vero. Fa niente. Never mind. Tu hai sentito più nessuno del nostro gruppo? Io non ho visto nessuno e ho soltanto il tuo indirizzo e quello di Giuseppe. Ti ricordi? Oltretutto, gli devo mandare ancora le 1500 lire che mi aveva imprestato, ma in questo periodo sono in bolletta completa (tanto per cambiare) e aspetterò di avere un po' più di grano. Qua a Milano fa tutto un po' schifo, io sono arrivata il 30 settembre e mi sono già rotta le balle. Oltretutto, in confronto a Londra, questa città mi sembra ancora più squallida. E tu? How did you find your city like? Avrei molta voglia di parlare in inglese. Ma veramente no, neanche, tanto cosa racconto? Oggi sono già andata a scuola. Che batosta. Così di brutto il primo giorno già 4 ore. Due scatole che non ti dico.
Se vuoi, rispondimi. Ti saluta la Chiara. Ciao. Asia

E poi, nel dormiveglia, avevo rivisto Rosy: di quella ragazza avrei desiderato cancellarne il ricordo, ma in realtà più che il ricordo era il mio senso di colpa che continuava a fare capolino.
Possibile che non avessi trovato la forza di chiarire subito l'equivoco che era avvenuto tra noi? Quella sua

*lettera mi riportava inesorabilmente a quel periodo di cui
mi vergognavo profondamente.*

Lettera di Rosy, settembre 1972

*Nella tua lettera mi dici che sei lunatico, veramente l'ho
sempre saputo! Non pensarci, lascia perdere tutto e
fregatene della gente, soprattutto di quella che ti sta più
vicino e che dietro alle spalle si diverte: da amica, te lo
ripeto! Forse mi sbaglio, ma in questo periodo non sei tu,
sei molto strano, poco comunicativo, osservi le persone
con uno sguardo insicuro, sono convinta che c'è qualcosa
che non va, lo sento perché ti conosco meglio di qualunque
altra persona. Questo fatto l'ho verificato nei tuoi modi di
fare. Ma naturalmente io non devo sapere niente! Sei
troppo chiuso, sei tremendamente solo con tanta gente
che tu credi amica, ma lo fa solo per interesse. Ogni tanto
penso a parecchi tuoi amici e vorrei rompergli la faccia,
non li sopporto più. Sei diventato molto egoista! Ti dai un
sacco di arie per farti vedere! Sei diventato peggio di A.,
spero che l'aria di Gignese ti faccia tornare quello che sei e
ti faccia cancellare idee sciocche! Stai molto attento!
Eppure, mi sembri una formica che crede di essere un
leone. Non mi sono sfogata, ma da amica ti parlo. Rosy*

*E infine, Giorgia, la sua voce era inconfondibile, mi
stava parlando e io le rispondevo.*

«Sì, Giorgia, fosti solo un flirt che alla lunga avrebbe
potuto trasformarsi in qualcosa di più serio.»

*Giorgia mi piaceva molto, avrei passato volentieri più
tempo con lei che con Rosy, ma davvero mi aveva scritto*

così tante lettere? Mi misi a ridere, c'era una sua lettera piuttosto divertente.

Lettera di Giorgia, maggio 1972

Tesoro, non prendermi per matta se ti scrivo dopo 20 minuti che ti ho visto, ma mi sono messa a rileggere la lettera che mi hai spedito quest'estate e mi è venuto un raptus di tenerezza nei tuoi confronti, e ho deciso che sei proprio tanto caro. Ho deciso pure che io sono una stronza.

Ho rivisto un po' tutte le cazzate che ho fatto l'anno scorso con la gente (tra cui in primo luogo il nostro dolce amico) e ho deciso che sono tutte cose che avrei potuto ampiamente evitare solo con un po' di buon senso. Non credi? A parte ciò, credo proprio che ti beatificheranno, per la costanza e l'affetto con cui mi sei vicino e dai retta ai miei innumerevoli capricci. Sono una cretina. Ti tratto troppo male. Perdono. È assolutamente superfluo e ridicolo che io continui a trovar da dire a tutto quello che fai come se in me ci fosse l'essenza del buon senso. Palle! Probabilmente, è tutto il contrario. Anzi, di sicuro. Dammi una sberla la prima volta che ti tratto male. Stella, sono di una aridità inusitata. È brutto, sai? Dovrei cercare di essere un po' meno egoista nelle mie cose, vero? Dammi una mano. Sei tanto caro, ma io ti sfrutto troppo. Ti voglio un bene enorme, anche se non sono capace di dimostrarlo. Grazie per due anni di amicizia bella, pura.

Ti abbraccio con tutto l'affetto che posso. Giorgia

III

Settembre 1971/1972

Quello che un ragazzo pensa di una ragazza è come portarsela a letto nel più breve tempo possibile

Io e la mia famiglia ci eravamo da poco trasferiti nel nuovo condominio: dal centro città eravamo andati ad abitare in un quartiere diventato semi-centrale, anche se a me sembrava estrema periferia.

La nuova casa era infatti più distante dal centro, un tempo addirittura quella zona era distaccata dalla città, tant'è che i vecchi insistevano nel chiamarla "borgo".

Tuttavia, per me, uscire dalle rassicuranti mura del centro medievale fu un vero e proprio shock, ma non tutto il male viene per nuocere, come si suol dire.

Infatti, proprio grazie alla nuova sistemazione, incontrai una vecchia conoscenza, questa volta una ragazza, Giorgia! Eravamo stati compagni di scuola alle elementari ma, pur avendo coabitato nella stessa aula per quattro anni, non ci eravamo mai rivolti la parola poiché lei a quel tempo era una bambina.

Adesso era cresciuta ed era diventata una bellissima ragazza. Aperta, socievole, simpatica. Incominciammo a frequentarci. Abitava nell'appartamento al piano sottostante ed ero spesso io a scendere da lei. Sul letto della sua camera faceva bella mostra sempre lo stesso album di Lucio Battisti, quello con il cantante raffigurato seduto sull'erba e una donna nuda di schiena, in campo lungo.

Giorgia conosceva a memoria tutte le canzoni. Io, che in quegli anni snobbavo la musica italiana, le ascoltai assieme a lei per la prima volta e mi piacquero.

Ero appena tornato dall'Inghilterra con due 33 giri che ascoltavo religiosamente su un impianto stereo costruito qualche anno prima con i pezzi della Scuola Radio Elettra.

Uno era *Abbey Road*, dalla celebre copertina con i Beatles che attraversano la strada sulle strisce pedonali; ma era il retro di copertina quello che mi piaceva di più, con la ragazzina in minigonna di cui si vedevano le gambe scoperte di sfuggita e che dava quel senso di movimento e libertà e aveva per me un irresistibile richiamo sensuale.

Abbey Road era diventata la mia colonna sonora preferita assieme all'album di Simon e Garfunkel, proprio quello che avevo scoperto in visita a casa della ragazza londinese. Li ascoltavo da solo ed ero contento quando Giorgia saliva da me, allora li ascoltavamo insieme, lei distesa sul mio letto, io seduto alla scrivania.

Stando con Giorgia, avvertivo per la prima volta quello strano sfarfallio allo stomaco tipico di *cotta* incipiente.

Nelle calde serate quasi estive di quella primavera del 1972, eravamo soliti passeggiare dopo il tramonto lungo i portici del centro città.

Lei si faceva dare il braccio.

A me non importava che stesse cercando di farsi corteggiare da un altro ragazzo che le piaceva, ero contento di passare del tempo con una ragazza con la quale parlare ed essere ascoltato. Anche Giorgia mi parlava, confidandosi con me.

Quello che provavo per lei era più che altro un'attrazione platonica con alcuni rari e innocenti momenti di intimità.

Un pomeriggio a casa sua eravamo seduti sul suo letto ad ascoltare il solito Battisti; eravamo vicini e la abbracciai. Ci adagiammo distesi e cominciai ad accarezzarle la schiena, le mie mani sulla sua pelle. Lei mi lasciò fare.

Un'altra volta, tutta felice, venne da me e mi stampò un bacio sulla bocca. Era il primo giorno di primavera. Mi accompagnò in centro e raggiungemmo il vecchio seminario dei preti; all'ultimo piano c'era la stanza di un giovane seminarista che era stato anche il mio insegnante di religione in terza scientifico e che anche Giorgia conosceva per via di alcuni campi scuola organizzati dalla diocesi cui aveva partecipato.

Gli andammo ad augurare un buon primo giorno di primavera.

Fra la primavera e l'estate di quell'anno ci vedemmo quasi tutti i giorni, anche solo per pochi minuti. Avevo bisogno di incontrarla, ascoltare la sua voce, scambiare quattro chiacchiere parlando del più e del meno, anche solo fra il serio e il faceto.

«I ragazzi sono tutti uguali» mi disse Giorgia al termine di una discussione in cui sosteneva che, stringi stringi, quello che un ragazzo pensa di una ragazza è come portarsela a letto nel più breve tempo possibile.

«Ma no, cosa ti viene in mente?» risposi facendo l'ironico.

«Anche tu sei come tutti gli altri.»

E mi ricordò proprio quella volta che mi ero messo a giocare con il fermaglio del suo reggiseno.

«Ti stavo solo accarezzando la schiena.»

«Ecco, appunto.»

Talvolta Giorgia mi presentava gente nuova, come in quell'occasione in cui, entrato in camera sua, conobbi una sua amica mentre stavano declamando a memoria parti del Nabucco.

«Oh, ciao» mi salutò, «è la nostra ultima trovata, vuoi prendere una parte anche tu?»

«No grazie, non mi piace l'opera.»

«Peccato, lei si chiama Alba.»

«Liceo classico?»

«Sì.»

«C'era da immaginarlo.»

Giorgia non fu solo il mio primo flirt, forse fu qualcosa di più, ma non mi innamorai.

Un giorno mi fece il nome di un ragazzo che le piaceva, si erano messi assieme. Non mi ingelosii, Giorgia sapeva come comportarsi nel mondo, era un animale sociale e io non pensavo di essere alla sua altezza e certamente nelle situazioni mondane ero un disastro.

Ma proseguiamo con ordine: che a un certo punto avessi trovato il coraggio di intrufolare le mani sotto la camicetta di Giorgia fu conseguenza del fatto che proprio lei in qualche modo mi stesse aprendo al mondo.

Fra una cosa e l'altra, mi presentò anche al gruppo giovanile della parrocchia, dal quale però Giorgia si stava staccando in quanto *gente tremendamente pallosa*, come era solita definirli.

«Guarda chi si rivede!»

Sì, era proprio lui, il mio vecchio amico di giochi. Non ci vedevamo dalle elementari, benché non fossimo, al contrario di Giorgia, compagni di scuola, ma ci trovassimo quasi tutti i giorni, accompagnati dalle rispettive madri, ai giardini pubblici a giocare a pallone.

Nel frattempo, il mio amico era diventato un cosiddetto leader, uno di quelli che nelle riunioni hanno sempre l'ultima parola.

Io, essendo stato confinato in una scuola religiosa più simile al collegio di Hogwarts che a una parrocchia, non ero minimamente consapevole di come funzionassero quei gruppi di teenager coordinati da giovani preti che si erano formati sulle onde del Concilio Vaticano II. Anche in quel caso, stavo entrando in un nuovo mondo, ancora inesplorato e per certi versi sorprendente.

Così, introdotto sapientemente da Giorgia, dovevo sembrare una persona importante in quanto amico del leader.

Non mi ci volle molto per conoscere altri ragazzi. La vita del gruppo, però, non era semplice da capire.

Grosso modo, esistevano due fazioni: quelli disimpegnati che si trovavano il pomeriggio tardi sul sagrato della chiesa, e quelli più *impegnati* che partecipavano a tutte le riunioni nelle quali venivano organizzate le varie attività di volontariato o di preghiera.

Siccome passavo per un tipo riflessivo e soprattutto ero incapace di intavolare discorsi fatui al puro scopo di intrattenimento, va da sé che non ci fosse la benché minima ombra di dubbio: avrei fatto parte del gruppo degli impegnati. Tuttavia, poteva succedere di scambiare quattro chiacchiere anche con gli altri e conobbi una certa Elisa. Biondissima, voce decisamente sexy, molto appariscente.

«Ma tu fai sport?» mi chiese un giorno.

«Io no... vado in bici. Ah sì, quando posso gioco a tennis.» Il tennis, infatti, era l'unico sport mondano che avessi imparato grazie alle estati trascorse in montagna.

«Ma guarda, lo sai che ci ho provato proprio questa estate?»

«Se ti va possiamo fare due tiri» le proposi.

Organizzammo un pomeriggio in un campo preso a nolo e fu molto divertente.

Purtroppo, la cosa venne subito a sapersi e nel gruppo dei disimpegnati iniziarono a serpeggiare malumori nei miei confronti. Stavo carpendo la ragazza di un altro, e questo non andava affatto bene.

Il problema era che non avevo ancora una ragazza fissa, mentre tutti gli altri viaggiavano accoppiati come piccioni.

Poiché ancora tragicamente single, anche agli occhi di tutti era necessario che mi trovassi una ragazza fissa, in quel modo non sarei più stato una specie di mina vagante pronto ad accalappiare le ragazze altrui.

Del problema se ne occupò uno fra i più anziani, di diversi anni più vecchio dell'età media dei ragazzi del gruppo. Doveva infatti essere ormai sulla trentina.

Frequentava, caso più unico che raro, sia il gruppo degli impegnati sia la cerchia dei disimpegnati. Aveva come vezzo personale quello di prosseneta o paraninfo o ruffiano.

Avvicinò una ragazza del gruppo, Rosy, che secondo lui rispondeva alle caratteristiche giuste che facevano al caso mio, facendole credere che io fossi innamorato di lei ma che non osassi dichiararglielo.

A me, ovviamente, fece credere che lei fosse cotta di me, sicché doveva essere mio compito aiutarla in qualche modo.

Il trappolone era congegnato molto bene perché faceva leva sui sensi di colpa: come avrei potuto abbandonare al suo destino quella povera ragazza?

La cosa avrebbe potuto anche funzionare se io fossi stato minimamente attratto da lei, ma così non era.

Ricordo interminabili passeggiate serali, illuminate da fredde e anonime luci al neon, da casa mia a casa sua e viceversa attraverso le solitarie strade di quel quartiere a me estraneo. Durante quelle camminate non riuscivo a dire nulla di interessante, questa almeno era la mia impressione, e nemmeno riuscivo a trovare le parole per chiarire la mia posizione nei suoi confronti.

L'equivoco andò avanti fin troppo a lungo. Il nostro comportamento era quello di una coppia fissa: durante quell'estate del 1972, ci scambiammo lettere nelle quali ciascuno di noi raccontava le cose più banali che capitavano e dove lei trovava il modo di rimproverarmi per i miei comportamenti incostanti. Va detto che Rosy aveva pienamente ragione. La realtà era che più tempo passava, più quella relazione diventava una cosa seria e io non ne volevo sapere: se lei proponeva di andare al cinema, io mi trovavo un impegno improcrastinabile o, peggio, mi facevo trovare in giro assieme a Giorgia in modo che questo venisse visto e riferito.

Finché, un bel giorno, fu proprio Rosy a mollarmi. Dovevo essere davvero insopportabile!

Fra gli amici di quel gruppo, legai con un paio di persone considerate da tutti piuttosto eccentriche. Un ragazzo amante di musica *progressive* e d'avanguardia e un altro, appassionato di montagna e scacchi.

Il primo aveva la prerogativa di non lavarsi mai, sicché puzzava come un animale al punto da dover spalancare le finestre per almeno un quarto d'ora tutte le volte che se ne andava dalla mia stanza dopo che avevamo ascoltato musica tutto il pomeriggio.

L'altro era un tipo di poche parole: amico intimo del

primo, assieme passavano il tempo a fare *numeri* per il quartiere, questo era il gergo, ossia gli scherzi più disparati: suonare citofoni a caso bloccando i pulsanti dei campanelli con il nastro adesivo, o impadronirsi di cartelli stradali trafugati qua e là dai cantieri per collocarli fra l'arredo di casa.

Fortunatamente, nel condominio di fronte al mio abitava anche un ragazzo più normale.

Aveva un nome di battesimo insolito e possedeva un ottimo impianto stereo. Da buon anfitrione, amava raccogliere attorno a sé la crème degli amanti dell'allora nascente musica progressiva britannica: a casa sua si ascoltavano in religioso silenzio interi album. *Aqualung* dei Jethro Tull, *Atom Heart Mother* dei Pink Floyd e tanti altri. Ogni due settimane, questo amico poteva permettersi di acquistare un nuovo album, cosa che per me e il resto della compagnia non era economicamente sostenibile. Ma grazie ai suoi acquisti, avevamo la possibilità di ascoltare musica di primissima scelta e qualità. Si scoprivano complessi nuovi come gli Spirit, i Van der Graaf Generator, i Led Zeppelin che letteralmente mi scioccarono la prima volta che li ascoltai: la voce strillante di Robert Plant mi dava i brividi, innaturale, e quei toni altissimi che riusciva a raggiungere mi davano la sensazione del gesso quando stride sulla lavagna.

Mi dilettavo con una chitarra e questo mi consentiva di accompagnare le funzioni religiose secondo la moda emergente di quegli anni. Non più organi, ma chitarre. Avevo imparato i nuovi canti che accompagnavano la messa del post concilio, canti ancora in voga oggi che avevano surclassato quelli antichi di origine ottocentesca.

Le messe erano partecipate, come si diceva allora, con

numerosi interventi di noi ragazzi e intenzioni di preghiera legate all'attualità politica e sociale. Venivano proposte anche letture di attualità, oltre alle tradizionali letture bibliche proprie della liturgia. Tutto ciò rendeva le celebrazioni molto intime e quasi di tipo sartoriale, su misura del gruppo, a seconda dello stato evolutivo del momento.

Un giorno il prete mi disse: «Vedo che ti stai integrando bene, che ne dici di partecipare al prossimo campo di iniziazione?» Cosa? *Mi propone di mettermi con il gruppo dei quindicenni?*

Non c'era molto feeling fra me e il prete, nel senso che ogni cosa che dicevo io, con le migliori intenzioni, era sbagliata, mentre ogni cosa che diceva lui a me, sia pure con le migliori intenzioni, mi irritava. Questo era un classico esempio.

Non sarei mai andato a trascorrere una settimana insieme a gente di tre anni più giovani di me, era una questione di principio.

A scuola, durante la quarta liceo, fra un'ora e l'altra di intervallo conobbi Anna, una ragazza del quinto anno. Nonostante non avessi legato ancora con nessuno della mia classe, ero riuscito a farmi diversi amici nella terza e nella quinta. A proposito dello scarso interesse che manifestavo verso il gruppo della parrocchia, Anna propose: «Se non ti trovi bene, perché non vieni da noi in centro città?»

Perché no? mi dissi.

Prima del *grande passo*, ebbi però la bella idea di far circolare fra i membri del gruppo parrocchiale un documento nel quale si denunciava il regime antidemocratico del gruppo.

In pratica, sostenevo che le decisioni venivano immancabilmente prese da una o due persone, sempre le stesse, mentre tutti gli altri si adeguavano passivamente senza fare obiezioni. In calce al documento, oltre alla mia firma, c'erano anche quelle dell'amico ruffiano e dell'amante di musica progressive.

Il prete e tutti gli altri si arrabbiarono moltissimo e ci diedero degli snob, ma nella realtà avevamo visto giusto perché in seguito fu pubblicato un libro memoriale in cui la nostra iniziativa venne citata con un'importanza che mi meravigliò.

Lasciai quindi il gruppo parrocchiale per dedicarmi alla nuova esperienza presentatami da Anna.

Si trattava di un cosiddetto gruppo di riferimento, non legato alla parrocchia, ma attento alla maturazione di fede dei singoli. Le persone vivevano in quartieri diversi della città ritrovandosi per condividere alcuni momenti di preghiera, di approfondimento, esegesi, discussione e divertimento.

Questo genere di gruppi di base, attenti alle trasformazioni sociali in atto nel Paese, stavano nascendo un po' in tutta Italia proprio in quegli anni.

Come prima attività, partecipai a una gita in bicicletta fuori porta. Non era un'iniziativa organizzata, ma solo la classica occasione per stare in compagnia.

La chiesa della Madonna della Salute era una meta tipica, quel tanto di campagna fuori città da far sembrare di essere tornati indietro ai tempi della civiltà contadina.

La chiesa era circondata da un giardinetto con alberi ombrosi che nel bel mezzo della pianura assolata e spoglia, per la presenza di campi coltivati a riso e mais, aveva un che di molto romantico. La compagnia era composta di gente tranquilla e rispettosa gli uni verso gli altri.

Nessuno cercava di apparire, di mettersi in mostra, le conversazioni erano rilassate, interessanti e non convenzionali. Mi trovai subito a mio agio e in una mezza giornata conobbi tutti quanti.

Così incominciai a frequentare questo nuovo gruppo, c'erano ragazzi che provenivano dai licei, ma anche delle scuole tecniche.

Mi piaceva il loro modo di stare insieme, informale e attento ai problemi delle persone. Era un gruppo di approfondimento religioso e culturale.

Novembre 1972

Comportamenti che creano imbarazzo

A un primo impatto, il gruppo mi sembrò fuori dagli schemi. Prima degli incontri, quando tutti poco alla volta raggiungevano il luogo di riunione, ragazze e ragazzi si baciavano e si abbracciavano con spontaneità. Lo stesso avveniva al termine.

Poiché quello era l'uso, pensai di adattarmi alla situazione, ma evidentemente mi stavo prendendo troppe libertà; le espressioni affettuose non si sprecavano, ma era anche vero che esistevano coppie già formate e consolidate. Non dovevo esagerare.

Un giorno il prete mi prese da parte.

«Ti devo dire che se hai bisogno di una ragazza trovatene una, il tuo comportamento crea imbarazzo ad alcuni.»

Vabbè, se una ragazza mi si posava sulle ginocchia per leggere assieme un libro o una rivista che ci potevo fare? Messaggio ricevuto, bisognava fare più attenzione.

Venne organizzato un convegno sui monti, uno di quelli ai quali partecipavano tutti i gruppi della diocesi.

Un mare di giovani si sarebbero ritrovati a pregare presso uno dei tanti Sacri Monti esistenti nel vasto territorio diocesano. Si parlava di fede e politica, era un tema all'ordine del giorno e per politica si intendeva il rapporto dei cristiani con il socialismo o con l'ideologia marxista.

Si poteva essere al contempo marxisti e cristiani? Devo dire che, personalmente, non trovavo il tema entusiasmante, ma il contesto era quello.

Non si poteva non avere una posizione sul marxismo a scuola, nei gruppi, così come, più tardi, all'università. Facevo parte del gruppo che aveva organizzato l'evento e c'era sempre qualcosa da fare, sicché alla fine della prima giornata, dopo cena, non avevo ancora preso possesso della cella che mi era stata assegnata per la notte.

Con i miei bagagli appresso, percorsi un corridoio del convento che ospitava i pellegrini. La mia stanza doveva essere in fondo, aprii la porta.

«Oh...!»

Avevo sorpreso a letto assieme la coppia di fidanzati intellettualmente più trendy del momento, intenti a discutere su un certo passo evangelico, non ricordo bene quale.

«Scusate, credevo fosse la mia stanza...» dissi con la mia solita *nonchalance*.

«No, prova più avanti dietro l'angolo, ce n'è un'altra, sarà senz'altro quella» mi ragguagliò lui.

«Sì, certo, scusate ancora.»

Il secondo giorno del convegno accadde un fatto inspiegabile che mi turbò per i mesi successivi.

Eravamo ancora a fine giornata. Le persone stavano attardandosi a tavola o preparandosi per passare la notte. Io stavo passeggiando fra i vialetti di fronte alla chiesa e incontrai Bea, l'unica persona del gruppo rigorosamente single.

Capelli lunghissimi, biondi, si occupava dei lavori d'ufficio ed era in pratica la segretaria del gruppo.

Passeggiammo assieme commentando le relazioni del convegno. A un certo punto, sembrava che avessimo finito gli argomenti, tuttavia il nostro silenzio non creava imbarazzo. Ci prendemmo allora per mano, era quasi buio, e ci sedemmo sull'erba accanto a un cespuglio, nascosti dal passaggio pedonale.

Quello che accadde fu alquanto strano. Ci abbracciammo istintivamente e restammo guancia a guancia per un tempo indefinito, lunghissimo, quasi come in trance. Trascorsa circa un'ora in quella posizione, immobili, ci alzammo, ci salutammo e raggiungemmo le nostre rispettive stanze.

La mattina dopo volli rivederla, la incontrai in chiesa mentre stava parlando con altri pellegrini; appena mi vide non ebbe nessuna reazione, il suo sguardo era freddo, quasi seccato.

Fu così per tutta la giornata, per i giorni a seguire e quelli successivi. Con Bea non riuscii mai più a entrare in confidenza. Un *ciao* molto formale fu quello che riuscimmo a scambiarci dopo quella sera.

Con l'ingresso nel gruppo, anche le cose a scuola iniziarono a mettersi meglio, stavo finalmente imparando a socializzare.

Ebbi modo di fare la mia prima esperienza giornalistica. Nello stesso stabile dove aveva sede il gruppo, c'era la sede del giornale diocesano. Dietro suggerimento del prete, mi presentai in redazione chiedendo di collaborare, ovviamente gratis. Furono subito molto disponibili e mi diedero come primo incarico quello di partecipare a un vernissage.

Andai e consegnai un breve articolo che venne

pubblicato con un buon risalto. Iniziai a collaborare e anche la mia resa scolastica cominciò a migliorare. Stavo prendendo fiducia nelle mie capacità.

Il giorno più bello della mia carriera di liceale fu quando la professoressa di italiano mi consegnò un tema in classe con la votazione 6+ con un punto interrogativo. Andai a chiedere spiegazioni, ovviamente.

«Ti avrei anche dato sette» esordì la professoressa «perché è scritto molto bene, ma sicuramente non è farina del tuo sacco, l'avrai copiato di sicuro, ma poiché non posso provarlo, ti concedo la sufficienza con il dubbio.»

Il tema era di argomento sociale sul problema delle case popolari e io l'avevo svolto come un reportage giornalistico. La collaborazione al giornale era dunque servita.

Non insistetti, quello stupido voto non mi interessava, ero comunque felice perché il lavoro era stato apprezzato.

E, da quel giorno, la mia resa anche nelle altre materie migliorò, di pari passo con la mia autostima.

Decidemmo di andare a mangiare e la manifestazione si sciolse

Fra l'esame di maturità e la fine dell'estate del 1973 decisi la facoltà universitaria alla quale mi sarei iscritto. Non fu una decisione facile.

Nella mia città andava molto forte medicina in quanto un'importante università aveva da poco inaugurato il corso universitario presso alcuni locali dell'ospedale maggiore.

Una buona parte dei miei compagni di classe del liceo si sarebbero ritrovati ancora assieme, ragion per cui evitai accuratamente quella scelta. Tanto più che non ero per niente attratto dal tipo di studi.

Ingegneria poteva essere un'alternativa, la scartai per via della matematica, non mi sentivo adeguatamente preparato. Ero più portato alle discipline umanistiche. Mi sarei iscritto a psicologia, ma c'erano forti perplessità in famiglia, soprattutto per via del trasferimento a Padova che avrebbe inciso non poco sulle finanze famigliari; inoltre, molti conoscenti la sconsigliavano per le incerte prospettive di lavoro.

Avrei scelto economia, ma si trattava di frequentare costosissime università private, la scartai immediatamente senza nemmeno parlarne a casa. Ci pensai su e scienze politiche mi parve un buon compromesso.

Mi iscrissi così in Statale a Milano. L'amica Anna, ormai veterana al secondo anno di lettere, mi accompagnò un giorno mostrandomi una serie di cose pratiche: l'autobus da prendere alla stazione centrale, la fermata in via Larga, la segreteria dell'università, gli istituti e le rispettive biblioteche, il bar.

Purtroppo, gran parte di queste informazioni mi sarebbero servite solo più tardi, giacché scoprii che la facoltà era stata trasferita da via Feste del Perdono in via Conservatorio. Questo, per ragioni logistiche.

Si narrava, infatti, di lezioni tenute fino all'anno prima nell'atrio principale con gli studenti seduti sulle scalinate a mo' di arena per la mancanza di aule libere.

Scienze politiche era nata come emanazione della più prestigiosa facoltà di giurisprudenza e l'università era percorsa da continue tensioni, anche per via della mancanza degli spazi. La scelta di creare una sede ad hoc per la facoltà non era dunque di per sé sbagliata, tuttavia aveva lo svantaggio di separare gli studenti di scienze politiche dalle altre facoltà, ostacolando i collegamenti.

Inoltre, la nuova facoltà doveva ancora risolvere diversi problemi: dispersione di aule e istituti in ambienti non adatti alla didattica, ma soprattutto un calendario dei corsi più orientato alla presenza di studenti-lavoratori.

Il piano di studio poteva essere di due tipi: c'era il piano consigliato dalla facoltà, di tipo tradizionale, di chiara derivazione giurisprudenziale, ma grazie ai risultati delle lotte studentesche la facoltà aveva istituito il principio dei cosiddetti piani di studio personalizzati.

Lo studente, fatti salvi alcuni esami fondamentali, poteva spaziare fra i diversi insegnamenti e costruirsi un piano molto più aderente ai propri interessi, ma bisognava comunque decidere quale indirizzo di studi intraprendere.

A scienze politiche furoreggiava quello sociologico, con generose presenze di testi di impostazione marxista. L'indirizzo storico era sì, interessante, ma totalmente privo di sbocchi professionali; restavano quello amministrativo che non riscuoteva il mio interesse, se non parziale, per via dei numerosi esami di diritto, come ovvio; infine quello economico e quello internazionale.

A essere sincero, avrei optato per l'indirizzo internazionale e, in subordine, a quello economico dato che ero convinto che l'economia sarebbe stata al centro della politica futura e su questo non mi sbagliai. A farmi sorgere ripensamenti circa l'indirizzo internazionale contribuì un episodio di qualche mese prima.

Stavo tornando a casa dopo una delle tante riunioni del gruppo di via Delle Orfane assieme a un amico.

«E così hai detto che potresti iscriverti a scienze politiche.» Era uno studente di medicina al secondo anno.

«Già» gli avevo risposto.

Ma la sua domanda ne sottintendeva una seconda: *perché proprio questa facoltà?* Scienze politiche, infatti, passava per una facoltà facile, un diplomato liceale difficilmente la sceglieva, veniva per lo più scelta da diplomati tecnici, ragionieri soprattutto.

«Mi incuriosiscono l'economia e la sociologia, ma anche i problemi internazionali»

«Non vorrai mica entrare in diplomazia!»

«Non so, al momento non ci sono concorsi aperti, non è una strada facile, però il concorso lo potrei tentare.»

«Ma sei pazzo?» aveva sbottato, «non vorrai essere il servo di un governo che sfrutta gli operai» aveva detto inorridito.

Al che era iniziata una tortuosa discussione nella quale erano fin troppo evidenti le rispettive disparità ideologiche, un aspetto che fino a quel momento non era emerso così chiaramente.

«Ma tu come ti definiresti ideologicamente?» mi aveva chiesto a un certo punto.

«Io?» Ci avevo pensato su un attimo. «Probabilmente un liberale»

«Ma non è possibile, un cristiano non può sostenere partiti che sfruttano i lavoratori, sei completamente fuori strada.» Era proprio incazzato. «Come puoi venire al gruppo e pensarla così?»

Non mi ero mai posto il problema di ottenere un lasciapassare ideologico per frequentare un gruppo di ispirazione cristiana, tuttavia a tutti gli effetti così sembrava.

In quel gruppo predominava una forte impronta ideologica marxista. Bisognava stare al gioco e affrontare il problema benché non avessi nessuna intenzione di operare conversioni a U del mio modo di pensare.

Alla fine, mi decisi e compilai un piano di studi personalizzato a indirizzo economico che ritenevo più efficace per comprendere le trasformazioni in atto e le tante sfaccettature dell'economia contemporanea.

Per dirla in breve, non amavo e non ho mai amato i facili slogan e le affermazioni fideistiche, preferivo interrogarmi mettendo in discussione le certezze assolute. In questo ero ideologicamente protestante.

A causa dei tanti studenti lavoratori iscritti, i corsi erano concentrati nella fascia pomeridiana e serale, tuttavia cominciai a frequentare i pochi corsi nella fascia diurna.

Quello di metodologia della ricerca sociologica era tenuto da Laura Balbo che in seguito, nel 1998, divenne ministro delle pari opportunità nel governo D'Alema.

Invece quelli erano ancora i tempi dei primi governi Andreotti. Alla prima lezione, nello stupore generale, disse chiaramente che a suo avviso la facoltà non avrebbe avuto futuro, o almeno un futuro la facoltà ce l'avrebbe anche potuto avere, ma purtroppo in Italia la figura del tecnico della amministrazione pubblica era ancora di là da venire, sicché i nuovi laureati si sarebbero dovuti adattare a svolgere lavori di ripiego.

Non era un gran biglietto da visita, ma piuttosto un incentivo a cambiare indirizzo di studi, cosa che presi seriamente in considerazione. Non volevo però perdere tempo prezioso, d'altra parte quel tipo di studi mi consentiva di strutturare le mie conoscenze che, pensavo, avrei speso a pieno nell'attività giornalistica. Così in effetti stava avvenendo.

Quando non frequentavo l'università, scrivevo su diverse testate della stampa cittadina, ma anche su giornali nazionali, e questo mi consentiva di mantenere un introito, per quanto non esagerato, sufficiente a coprirmi le spese di giovane studente quale ero.

Mi tenevo informato acquistando di tutto, soprattutto quotidiani, settimanali di attualità politica e riviste specializzate in campo sociale ed economico. Riviste che oggi non esistono più oppure, se ancora vengono pubblicate, hanno costi molto superiori a quelli di un tempo. Decisamente il mondo editoriale in ambito culturale, economico e umanistico era molto più ricco e stimolante dell'attuale.

Talvolta, le lezioni saltavano per il ritardo di un professore o per uno sciopero o una manifestazione studentesca.

Una mattina dalla sede centrale vennero un paio di

compagni decisi a comporre un corteo di protesta e condurlo in rettorato.

Non ricordo nemmeno quale fosse il motivo della rivendicazione, ma eravamo non più di una quindicina di studenti, tutti spaesati come me. Formammo una delegazione e attraversammo un paio di isolati da via Conservatorio alla sede fino a giungere sulla scalinata del rettorato dove ci fermammo in attesa degli eventi.

A quel punto, i due agit-prop che ci avevano scortato fin lì dissero che sarebbero stati ricevuti dal rettore e infatti, dopo una decina di minuti, vennero fatti entrare, ma siccome era mezzogiorno passato una buona parte di noi *delegati* pensò di andare a mangiare e la manifestazione si sciolse.

Il centro dell'attività politica restava la sede centrale dove era stato raggiunto un accordo non scritto fra il movimento studentesco e il rettorato: il pianterreno autogestito dal movimento, i piani superiori riservati alla didattica, senza interferenze di gruppi e gruppuscoli.

Una vera e propria spartizione di territorio, anche se questo sulle prime non era avvertibile da giovani studenti senza esperienza universitaria come me.

Il pianterreno era l'anima dell'università, molto vivo, con una libreria, oggi diremmo *bookshop*, sempre rifornitissima con le ultime novità bibliografiche.

Era difficile non trovare testi di studio consigliati dai docenti o le ultime uscite di narrativa e saggistica. Il bar era molto frequentato e animato, la mensa un po' lenta nel servizio, ma i prezzi erano abbordabili. Si poteva passare tutta la giornata studiando nell'aula adiacente al bar o semplicemente girando qua e là.

Un giorno fui attratto da un gruppo di studenti che si indirizzavano verso un'ala del cortile principale quadrato, chiuso da un porticato che si estendeva lungo i quattro lati.

A metà di un lato, c'era un portone che restava sempre chiuso tranne che nelle ore centrali del mattino e che si apriva sull'antica cappella dell'ospedale dove si raccoglievano giovani in preghiera.

Ricordavano un po' i miei amici di via Delle Orfane della mia città, ma dovetti imparare che si trattava di una categoria di giovani cattolici non proprio *allineati* alle idee che circolavano nei gruppi di base.

Erano i giovani di un nuovo gruppo politico-religioso, Comunione e Liberazione, considerato fra i più conservatori. Va da sé che a poco a poco incominciò a infastidirmi quel diffuso sentimento antireligioso che serpeggiava tra la maggioranza degli studenti, cosa che alla fine dovetti rassegnarmi a tollerare. Capivo comunque le ragioni di Comunione e Liberazione e quelle dei gruppi religiosi conservatori che per reazione cercavano di difendersi aggregandosi.

Questa contrapposizione stava emergendo e creando situazioni di conflitto fra cattolici e non cattolici, ma anche fra fazioni politiche differenti e molto spesso diametralmente opposte. Stava crescendo l'intolleranza politica e io ero capitato proprio nel bel mezzo di quelle dinamiche.

Di queste cose non parlavo mai con nessuno

Anche nel mio gruppo di riferimento era sempre più presente una forte dimensione politica. D'altra parte, l'Italia intera stava attraversando una particolare stagione di trasformazione, mentre molti giovani vivevano dentro una vera e propria bolla prerivoluzionaria.

Nei gruppi religiosi si dibatteva del ruolo dei cristiani in politica, ma non si intendeva replicare l'esperienza della democrazia cristiana, partito da sempre al governo, conservatore e allineato al Vaticano.

Ci si interrogava in che modo i cristiani si dovessero schierare concretamente a favore dei poveri. L'ideologia marxista e la lotta di classe sembravano le cose giuste da accettare anche per molti cattolici. Sorgevano esperienze culturali e di vita comunitarie interessanti alla quale molti gruppi di base ispirati al concilio vaticano II facevano riferimento.

Al gruppo di via Delle Orfane venne l'idea di organizzare un seminario permanente nel quale poter leggere e commentare testi considerati vere e proprie pietre miliari della cultura economico-sociale moderna: *Il manifesto del partito comunista*, Karl Marx e Friedrich Engels; *Salario prezzo profitto*, Karl Marx; *Che fare?*, Lenin; *Stato e rivoluzione*, ancora Lenin; *La società opulenta*, Kenneth Galbraith; *L'uomo a una dimensione*, Herbert Marcuse.

Gli incontri erano animati dal leader del gruppo che, di lì a poco, avrebbe lasciato l'esperienza di fede per entrare nel famigerato Movimento studentesco di Mario Capanna. Frequentai gli incontri per un certo periodo. Acquistai i volumi, mi sarebbero venuti utili successivamente durante l'università.

La fuoriuscita del nostro leader fu un colpo duro da digerire. Se gli approfondimenti culturali dovevano portare a quel tipo di risultato, alla lunga potevano costituire un problema per il prete.

Anche Anna aveva lasciato il gruppo per sposare l'attività politica. Altri amici sperimentavano una doppia appartenenza: al gruppo di fede e a quello politico. Il Movimento studentesco sembrava, però, il luogo di destinazione di noi tutti.

Le defezioni continuarono e diventarono effettivamente un problema che il prete non era in grado di arginare: in quel gruppo venivano educati giovani responsabili, attenti alla dimensione religiosa, che stavano perdendo poco alla volta la fede, ed erano sempre i migliori quelli che lasciavano.

Oltretutto il don, assieme a qualche altro sacerdote e a un gruppo di intellettuali della città, firmò un documento a favore della legge sul divorzio schierandosi apertamente contro il referendum abrogativo.

Il referendum si sarebbe tenuto nel maggio del 1974 e dopo qualche mese il nostro prete sarebbe stato trasferito in una parrocchia di un piccolo comune collinare. La normalizzazione del potere clericale, oggi come allora, non si faceva attendere.

Una sera Anna mi invitò nella sede del Movimento.

«Vieni con la chitarra, proviamo qualche canto rivoluzionario.»

Passai un'intera serata a suonare e canticchiare con un paio di compagni *La guardia rossa* e *Per i morti di Reggio Emilia* – canzone composta a ricordo di un fatto di sangue avvenuto nel 1960 nel corso di una manifestazione sindacale durante la quale cinque operai della città emiliana morirono a seguito di scontri con la polizia – e infine *Bandiera rossa*. Mutatis mutandis era un po' come provare i canti della messa.

Ideologicamente stavo cambiando, benché fossi ancora molto distante dalle posizioni dei gruppi della sinistra più estrema. Si può dire che stessi diventando *antropologicamente* di sinistra. Adottai linguaggio e comportamenti tipici dei giovani di sinistra; feci mie anche determinate opinioni e azioni che dovevano essere il presupposto generale dell'essere di sinistra, come per esempio essere favorevole al divorzio, partecipare alle manifestazioni contro il governo, essere contrario allo sfruttamento degli operai, essere favorevole al diritto allo studio, ecc.

Tuttavia, non ero assolutamente d'accordo con il concetto di lotta di classe e di dittatura del proletariato. Questo mi portava a prediligere i movimenti della sinistra non rivoluzionaria, come il partito socialista. Infine, la mia indole protestante più che protestataria mi teneva alla larga da scelte di appartenenza molto forti: in parole povere, non mi sarei mai iscritto a un partito.

Mi rendevo conto di esprimere una condizione alquanto isolata che restava confinata nel mio intimo. Ma di queste cose non parlavo mai con nessuno.

30 maggio 2018 – ore 3,30

Sognando, nel cuore della notte...

Vedo un'auto accartocciata e un corpo senza vita sull'asfalto. Visi in lacrime, li conosco, non so dove andare e sono smarrito. Non posso fare nulla per alleviare il mio dolore, non penso a quello degli altri, mi infastidisce, posso dimenticare, lo dimentico.

Come posso continuare a vivere con questo dolore ingiusto? La scena si dissolve e compare lei ad attendermi in stazione davanti alla biglietteria.

Sonia non ha occhi sorridenti, è un po' corrucciata, mi rimprovera di averla dimenticata, ma io ho poco tempo perché devo salire sul treno e raggiungere Viola.

Ho occhi solo per Viola, il mio viso sovrapposto a quello di Viola. Non ricordo nemmeno se a Sonia il disco di Jesus Christ Superstar glielo avevo fatto avere oppure no.

IV

Luglio 1974

Da tanti anni lui è tutto solo lassù

Quel 1974 per molti versi fu un anno fondamentale. Come ormai d'abitudine nei mesi estivi la famiglia al completo si trasferiva nella casa di montagna. Era luglio inoltrato e, da lì a un paio di settimane, sarei partito per un viaggio in Europa con il gruppo.

Il telefono suonò in piena notte. Nonostante usassimo la casa solo pochi mesi all'anno, mia madre aveva voluto installare un impianto telefonico per comunicare con mio padre quando per lavoro si trovava nella mia città oppure parlare con la nonna, sua suocera o con il cognato.

Mio zio si chiamava Romolo, ma in casa lo chiamavamo Mò, perché una delle prime parole che pronunciai fu, appunto, il suo nome storpiato che poi diventò, invece, di uso comune tra tutti.

Sentii mia madre rispondere, non era mai successo che qualcuno chiamasse a quell'ora, forse un'emergenza nella ditta dove lavorava mio padre?

Il suono del telefono mi aveva svegliato. Avevo una cameretta tutta per me, in fondo all'appartamento e molto distante dall'apparecchio; mi misi a origliare, e riuscii a captare due parole.

«Pronto...?» La voce della mamma

«Morto.» Quella di papà.

Non capivo, era morto qualcuno, ma chi?

Terminata la telefonata si accesero tutte le luci della casa, e per la prima volta vidi mio papà in lacrime. Piangeva come un bambino, non lo avevo mai visto così e ne fui molto impressionato.

Dalle parole di mio padre soffocate dal pianto capii che lo zio aveva avuto un incidente stradale ed era deceduto sul colpo. Era single ed era solito trascorrere i fine settimana in giro con gli amici con la sua auto, una Ford escort rossa.

Quell'auto la conoscevo bene perché lo zio mi ci aveva fatto impratichire alla guida da neopatentato. Lo zio Mò aveva una sensibilità particolare, era quasi più attento di mio padre ai miei cambiamenti e a prevenire determinati miei bisogni.

Era stato lui a regalarmi il suo ciclomotore Legnano, che si azionava pedalando, appena compiuti 14 anni, quando tutti i ragazzi passavano dalla bici al motorino.

Lo zio viveva con la madre, mia nonna, e avrebbe compiuto 46 anni di lì a poco. La sua morte fu per tutti noi uno shock difficile da superare; lui era uno della famiglia, quelle persone che riescono a sottolineare la loro presenza anche quando si trovano altrove, una discreta e lieve presenza, peraltro.

Il funerale si svolse con un lungo corteo dalla casa dove abitava alla chiesa attraverso le vie del quartiere. La nonna non volle partecipare alla mesta cerimonia adducendo pretesti legati alla sua salute e alla difficoltà di deambulazione, però credo la si sarebbe potuta portare in auto.

Mia nonna era una persona molto riservata, molto presa dai suoi pensieri e dai ricordi. Il resto di quella infausta estate lo trascorse in montagna con i miei genitori.

Ora era sola, nessuno le avrebbe preparato il letto tutti i giorni e fatto la spesa e tante altre cose. Quel soggiorno in montagna fu solo una breve parentesi, poi volle ritornare nella sua casa dove riuscì a ricrearsi un equilibrio, grazie anche all'aiuto della famiglia. Al contrario di mio papà, non la vidi mai versare una lacrima.

La bara dello zio venne collocata al cimitero della mia città e fu sistemata all'ultima fila di una piccionaia, in alto, raggiungibile solo con una di quelle lunghe scale spostabili su ruote.

Da tanti anni lui è tutto solo lassù perché nessuno vuole mai salire, io che soffro di vertigini, per esempio, non ci salgo mai.

I giorni dopo l'incidente trascorsero in grande mestizia e inquietudine; tuttavia, dopo una settimana da quei tristi eventi, partii per il mio viaggio già programmato.

Eravamo una quarantina di ragazzi e ragazze, i miei amici del gruppo, il don come accompagnatore, destinazione Europa. Il percorso in pullman fu da marce forzate: Berna, Francoforte, Bruxelles, Amsterdam, Parigi, Taizè, Ginevra, il tutto in poco più di una settimana.

Di quel viaggio mi restano pochi flash: un camping pulitissimo in riva all'Aar a Berna, la Grand Place a Bruxelles, una chiesa sconsacrata adibita a casa del tè e non solo a Amsterdam, dove scambiai alcune parole con una evanescente ragazza milanese, il quadro intitolato *Sorrow* al Van Gogh Museum, la Dam Place strapiena all'inverosimile di giovani di tutte le nazionalità, la salita alla Tour Eiffel, il diluvio che fece miseramente crollare la mia tenda a Taizè, una mezza bottiglia di brandy scolata sotto un tendone di emergenza avvolto in una coperta a aspettare la fine del nubifragio.

<h2 style="text-align:center">Settembre 1974</h2>

Le sue lunghissime gambe quasi toccavano terra, le dovette tenere un po' sollevate

Stava appoggiata strusciandosi contro una parete dello stretto corridoio che collegava i locali che la Curia aveva assegnato al nostro gruppo. Indossava una mini che, grazie al continuo strusciamento, aveva ormai raggiunto altezze estreme.

Le gambe di Sonia non avrebbero sfigurato sulla copertina di Vogue.

Come fosse capitata da noi era un mistero. D'altra parte, il gruppo era uno dei tanti posti in cui una come lei sarebbe, più o meno consapevolmente, potuta approdare anche solo per caso. E così fu anche se lei, dimostrando un'assoluta indifferenza alle occasioni ufficiali di incontro del nostro gruppo, non aveva la minima intenzione di farne parte.

Probabilmente il prete l'aveva raccolta assieme a un

gruppo di sbandati, ex tossici o tossici professionali dimessi dall'ospedale psichiatrico, che si preparava a un lento ridimensionamento che lo avrebbe portato alla chiusura definitiva non appena sarebbe entrata in vigore la futura legge Basaglia.

Poteva infatti succedere di accogliere giovani senza fissa dimora, per lo più a rischio di cadere vittime dell'eroina, che venivano fatti uscire da quella struttura ospedaliera, una cosiddetta *istituzione totale*, come si diceva allora.

Erano giovani senza famiglie affidabili che sarebbero andati a rimpolpare le fila degli emarginati.

Sonia una famiglia invece l'aveva, per quanto conducesse una vita pericolosamente sregolata, benché probabile solo ai miei occhi. Forse aveva abbandonato la scuola e durante il giorno viveva per strada, o forse no, non mi interessava poi tanto approfondire la questione.

Ho sempre avuto la prerogativa di attrarre ed essere attratto da persone come lei, un po' pazze e difficilmente inquadrabili e Sonia, quanto a capacità di attrazione, non scherzava.

Alta un metro e ottanta, lunghissimi capelli neri con scriminatura centrale, grandi occhi neri, labbra carnose al punto giusto.

«E tu che cosa ci fai qui?» la avvicinai, ma lei continuava a stare appoggiata al muro, lo sguardo perso nel vuoto, però mi rispose:

«Niente.» Era di poche parole. «Voglio andare a casa.»

«Dove abiti?»

«Qui vicino.»

«Se aspetti dieci minuti, ti ci porto.»

Abbassò lo sguardo limitandosi a guardarmi senza esprimere alcuna reazione.

Mi accordai col gruppo sul successivo appuntamento e

prestai attenzione a una domanda che mi rivolse una ragazza della cerchia dei più giovani ma le risposi frettolosamente, avvertendo in lei una sorta di delusione per il mio fare sbrigativo, ma stavo pensando ad altro, in quel momento

Sonia era sempre là, nella stessa posizione in cui l'avevo lasciata. Tornai da lei, scendemmo le scale e uscimmo in cortile.

«Non mi hai detto come ti chiami.»

«Non me l'hai chiesto» risposi presentandomi.

«Io sono Sonia.»

Liberai la bicicletta dal lucchetto.

«Ecco, sali.»

«Ah... pensavo a una fuori serie.»

«Sbagliato.»

Con un po' di fatica si sistemò sulla canna della bici, le sue lunghissime gambe quasi toccavano terra, le dovette tenere un po' sollevate, lo spettacolo per chi ci avrebbe incrociati lungo la strada non sarebbe stato affatto male.

Dopo una discreta pedalata, esordii con una battuta.

«Per te la parola *vicino* non ha lo stesso significato che ha per me.»

«Beh...» mi disse facendo un gesto con la mano come a dire che non era importante.

Abitava infatti all'estrema periferia, in uno di quei quartieri satellite della città: mi ci volle quasi mezz'ora per arrivare.

«Ecco, fermati qui, siamo arrivati.»

«Ma siamo in aperta campagna» affermai guardandomi intorno.

«Non ti preoccupare, la mia casa è proprio la prima, non voglio che mio padre mi veda arrivare con un ragazzo.»

«Ah, capisco.»

«È meridionale, sai come sono fatti, se mi vede con te capisce che mi vuoi sposare.»

«Ah...»

«Mi vuoi sposare?» mi chiese fra il curioso e l'allarmato.

«Non saprei, ci devo pensare» risposi ironico, «magari ci si vede.»

«Magari» confermò lei. «Grazie del passaggio.»

«Figurati, è stato un piacere.»

Ecco una ragazza davvero strana, pensai, e mi intrigava moltissimo. Ripresi la bici e mi diressi verso casa al capo opposto della città.

Riaccompagnai Sonia a casa ancora una seconda volta un paio di settimane dopo, depositandola proprio sotto l'uscio, ma con lei non cominciò nessuna storia. Mi scrisse solo una lettera un mese dopo, quando si trasferì con tutta la famiglia al paese natale, nel profondo sud.

Questa mia attività di accompagnatore ufficiale di Sonia impedì, forse, il sorgere di una relazione con Alba, l'amica di Giorgia.

Un giorno di ottobre accompagnai a casa anche lei, solito sistema, niente da dire.

«Vieni su in casa, mio padre vorrebbe conoscerti.»

Un po' sorpreso, entrai.

«Ah, eccoti! Bene, ho saputo che sei amico di Sonia, sappi che se frequenti certe persone con mia figlia non esci.»

«Guardi che Sonia l'ho conosciuta al gruppo» mi affrettai ad aggiungere, un po' intimidito, cercando di giustificarmi.

«Sì, lo so, questi gruppi pseudo religiosi" rispose lui con una scrollata della testa, "comunque credo di essere stato chiaro: se te la fai con i drogati amici come prima, mi sono spiegato?»

Evidentemente, questo padre settentrionale non la pensava poi tanto diversamente dal padre meridionale di Sonia.

Alba, quel giorno, non disse nulla.

La salutai e uscii da casa sua. Nei giorni successivi non ci cercammo, ma quando dopo qualche mese ci incontrammo per caso in città non ci salutammo. Fine della storia.

Lettera di Sonia, ottobre 1974

Ciao! Quando mi scriverai mandami anche gli accordi delle canzoni. Sto cercando di ambientarmi e ho parecchie difficoltà. Qui, se non fai attenzione, ti viene fatta violenza alla mente. Son quasi tutti fascisti, i giovani e i vecchi, e sono svelti a venire alle mani per idiozie. Ma ora sono già più moderati di soltanto un anno fa.

Infatti, gli anarchici e i comunisti (che sono comunque in minoranza) possono tranquillamente passare per il corso principale senza essere disturbati. Cosa che prima non accadeva. Qui c'è ogni giorno un sole splendido, e tutti girano vestiti con abiti quasi estivi.

La scuola per ora è uno schifo. Ho speranze che entro un mese arriveranno tutti i professori per poter iniziare le lezioni regolarmente. Io sono in una scuola privata e preparo tre anni in uno. Saluta per me m, d, b, a, il don.

Ciao. Sonia.

Ottobre 1974

Senza ombra di dubbio, non passava inosservata

Quel giorno avevo superato l'esame di criminologia, un corso fuori facoltà frequentato a giurisprudenza. Ormai il ghiaccio con l'università era rotto da tempo e gli esami procedevano con regolarità.

Era anche il mio compleanno, il 1° ottobre compivo vent'anni.

Era consuetudine che, a casa nostra, i compleanni non venissero festeggiati, al massimo ci scambiavamo frettolosamente gli auguri.

Dopo cena ero indeciso fra il mettermi a letto e la TV quando squillò il telefono. L'apparecchio era di quelli neri a muro con la rotella per comporre i numeri, non ve n'erano di altro tipo all'epoca. Era collocato in una zona della casa facilmente raggiungibile e, come nella maggior parte delle abitazioni in posizione centrale, cosicché tutti, in casa, potevano ascoltare le conversazioni.

Nemmeno i *cordless* erano ancora stati inventati, d'altra parte il telefono allora serviva soprattutto per brevi comunicazioni, non certo per lunghe conversazioni. Erano pochi quelli che se lo potevano permettere grazie a un secondo apparecchio telefonico, di solito collocato in camera da letto. Ma questo non era il caso mio. «Pronto?»

«Ciao, sono Gianni.»

Gianni era un ragazzone molto alto e ben piantato, faceva il sindacalista, eravamo diventati amici a causa di una delle tante iniziative politiche di quel periodo: l'autoriduzione delle bollette della luce.

Il sindacato aveva organizzato il pagamento autoridotto delle bollette come atto di protesta a seguito dell'aumento delle tariffe. Chi lo desiderava, poteva autoridursi l'importo da versare all'Enel, consegnando la ricevuta di pagamento al sindacato il quale apriva nei confronti dell'Enel una trattativa collettiva, una sorta di *class action* ante litteram, allo scopo di cancellare gli aumenti delle tariffe.

L'azione aveva preso piede e anch'io avevo partecipato dando il mio supporto operativo. Gianni era una persona di spirito, riflessivo e dotato di una buona dose di autoironia. Non fu difficile che diventassimo amici.

«Cosa fai stasera?»

«Sto andando a dormire.»

«Cosa? Proprio oggi che è il tuo compleanno?»

«Sì, perché?

«Non puoi startene a casa, dai! Senti, ti aspettiamo davanti al bar Centrale, ci sono Simona e la cugina di Laura, si va al cinema.»

«Che film danno?»

«Non so.»

Titubante, attesi un paio di secondi prima di replicare.

«Veramente sarei stanco...»

«Sbrigati, preparati ed esci. Ti voglio presentare Viola, così la conosci.»

Nonostante avessi opposto una debole resistenza

all'invito di Gianni, la cosa mi intrigava.

Laura in città era molto conosciuta, amica di tutti, emancipata e molto carina, non sapevo che avesse una cugina della nostra età.

In dieci minuti mi resi presentabile e uscii di casa a passo sostenuto dirigendomi verso il centro. Loro erano lì ad aspettarmi sotto ai portici del cinema teatro. Quella sera davano *Il portiere di notte*, di Liliana Cavani, film molto celebrato dalla critica.

«Viola, ti presento un amico.» Gianni fece i convenevoli

«Ciao» dissi porgendole la mano. Le presentazioni fra noi giovani erano ridotte all'essenziale.

«Viola» rispose lei con un sorriso e questo mi fece immediatamente prendere coscienza di non aver affatto sorriso, mentre mi presentavo: chissà cosa doveva aver pensato di me.

Viola e Simona si conoscevano, frequentavano entrambe la stessa scuola.

Salimmo in seconda galleria, molto in alto. Prendemmo posto, Gianni e Simona davanti, Viola e io dietro.

Si può dire che fosse la prima volta in cui mi trovavo al cinema con a fianco una ragazza.

Viola era un tipo slanciato; piuttosto magra, un fisico quasi da rivista, alta quanto me, il che voleva dire che con i tacchi mi superava di poco. Aveva i capelli lunghi, castani e lisci, il viso minuto, gli occhi grandi e scuri, indossava un maglione extra-large blu e una gonna lunga, stretta, fino alle caviglie.

Non faceva nulla, apparentemente, per mettersi in mostra, ma senza ombra di dubbio non passava inosservata.

Del film ricordo ben poco, io e Viola incominciammo a parlare fin dall'inizio scambiandoci commenti: prima battute rapide, poi osservazioni sempre più approfondite e pertinenti. Il film finì e noi eravamo diventati amici.

Gianni e Simona ci riaccompagnarono a casa in auto.

«Ciao, Viola, arrivederci» la salutai congedandomi dal gruppo.

«A presto, buona notte.»

L'avrei rivista? Chissà, era una ragazza davvero piacevole, e la mia mente era già sottosopra.

Novembre 1974

Immediatamente le nostre dita si intrecciarono

Ci rivedemmo, Viola e io. C'era stata una manifestazione studentesca in città e attorno a mezzogiorno il centro si era riempito di tantissimi giovani che stavano tornando alle loro case: c'era chi, quella mattina, non era andato a scuola e aveva passato tutto il tempo al bar, e chi aveva partecipato alla manifestazione.

Mi trovavo dalle parti di via Delle Orfane con il mio ciclomotore Legnano che stavo spingendo a mano per via dell'assembramento provocato dagli studenti.

Non avevo tanta voglia di tornarmene a casa, in effetti. Stavo per mettere in moto quando, alzato lo sguardo proprio all'incrocio con la piazza Mercato, mi si materializzò davanti agli occhi la cugina di Viola.

«Ciao» mi salutò appena mi vide.

«Ciao, Laura, cosa fai? Vuoi uno strappo fino a casa?»

«Sì, ma con quello?»

«Su, dai, monta» le dissi sorridendole.

Salì a cavalcioni sul portapacchi e diedi gas. Non sapevo dove abitasse, ma lei mi guidava da dietro.

«Portami a casa di Viola, devo prima passare da lei.»

Arrivammo in un elegante quartiere residenziale e ci fermammo davanti a una palazzina con giardino un po' arretrata dal fronte strada e quasi invisibile dal marciapiede.

«Sali» mi disse, «così saluti Viola. È in casa con qualche amico.»

Non me lo feci ripetere.

Viola mi porse la mano, il gruppo riprese i discorsi interrotti a causa del nostro arrivo, un po' di gossip e qualcuno chiese il mio parere su qualcosa; mi inserii nella conversazione e, mentre parlavo, Viola si accostò sempre più vicina a me.

Portava un vestito lungo fin quasi ai piedi, bianco, con tanti fiorellini colorati, tipico abbigliamento di quegli anni. Avvertivo il suo corpo sinuoso scivolare sui miei abiti con una leggerezza quasi impercettibile e il movimento ondulatorio decisamente sexy dei suoi fianchi che andava accentuandosi nella foga della conversazione.

Ridemmo e scherzammo, poi gli amici se ne andarono. Anch'io a quel punto feci per congedarmi e lei mi sorprese, dicendomi: «Ti va di venire in piscina domani pomeriggio? Viene anche Laura con il suo tipo.»

Panico, non sapevo nuotare, non doveva capitare così presto un invito del genere, cercai una scusa.

«Oh, proprio domani no, purtroppo, ho un impegno a Milano.»

«Peccato, sarà per un'altra volta.»

«Peccato davvero, ma ascolta, questo sabato mi vedo con Gianni e Simona, andiamo a fare un giro fuori città, ti aggreghi?»

Ci pensò su un attimo.

«Sì, posso.»

«Allora ti passiamo a prendere, ora che so dove abiti, ok?

Sarà attorno alle tre del pomeriggio.»

«A sabato, allora» disse salutandomi con un sorriso che sprizzava allegria.

Era andata, l'avrei rivista e avrei trascorso con lei un intero pomeriggio.

Venne quel sabato. L'autunno era ormai inoltrato, la campagna offriva gli ultimi sprazzi di tepore. Il nostro vagare ci portò a un'antica abbazia poco distante dalla città. Il luogo era deserto.

Gianni, Simona, Viola e io camminavamo circospetti nel chiostro e all'interno dell'edificio del XI secolo. I luoghi dello spirito comunicano pace anche alle persone poco avvezze ai sentimenti religiosi. Passammo il tempo a scattare fotografie con la mia reflex, dapprima ai particolari architettonici dell'abbazia e poi con l'autoscatto a tutti noi. Ci incamminammo quindi a coppie separate lungo le stradine di campagna attorno ai campi di granturco ancora da raccogliere. Gianni e Simona abbracciati, Viola e io affiancati, lei con le mani infilate nelle tasche del suo giaccone, io senza ben sapere dove mettere le mie.

Riprendemmo quindi la Lancia Fulvia di Gianni che avevamo parcheggiato proprio poco distante alla chiesa. Viola e io occupammo i posti posteriori trovandoci affiancati. Gianni mise in moto, si tornava in città.

C'era un senso di pace e la mano sinistra di Viola era lì abbandonata sul sedile a poca distanza dalla mia.

Senza pensare alle conseguenze, qualcosa mi spinse ad accarezzargliela e immediatamente le nostre dita si intrecciarono restando così fino alla fine del breve viaggio di ritorno.

Il giorno dopo, il viso di Viola era come se l'avessi

stampato costantemente davanti agli occhi, non riuscivo a pensare ad altro. Alle sette di sera non resistetti e composi il suo numero di telefono. Dopo pochi squilli, rispose proprio lei.

«Ciao, Viola.»

«Ma ciao, come va?»

«Ti andrebbe di uscire stasera?»

«Volentieri!»

«Se ti va potremmo vederci...»

Mi interruppe. «Passo da te e andiamo da qualche parte?»

«Oh, perfetto, ti aspetto alle nove.»

Alle nove meno dieci scesi in strada. Lei arrivò in leggero anticipo.

Ci incamminammo verso il centro, faceva molto freddo e ci stringemmo dandoci il braccio. Percorremmo alcune vie secondarie, parlando del più e del meno.

Avevo in mente di condurla in una birreria molto nota che aveva un vastissimo repertorio di ottime birre di importazione. Ci fermammo davanti all'ingresso.

«Ti va una birra?» le chiesi invitandola a entrare.

«Ovviamente, visto che siamo qui!»

Entrammo nel locale per niente affollato e scegliemmo un tavolino appartato, al quale ci sedemmo uno di fronte all'altra. Ordinammo subito due Guinness.

Ci potevamo guardare in viso e negli occhi. Iniziammo a parlare come se avessimo da raccontarci tutta la nostra vita, come se fossimo due persone che non si vedevano da anni con la foga di dirsi tutto.

Ordinammo altre due Guinness di quelle molto grandi e questo non fece altro che alimentare la voglia di far cadere le nostre barriere: chiacchieravamo a ruota libera dicendo tutto quello che ci sgorgava dalla mente e dal cuore.

Non ci accorgemmo che era arrivata l'ora di chiusura, era già mezzanotte passata e noi non ci eravamo acquietati un attimo.

«Si è fatto tardi» mi disse, regalandomi un sorriso.

«Mi sa che è ora di tornare.»

Non volendo lasciarla andare da sola, l'accompagnai fin sotto casa sua.

Ci salutammo stringendoci entrambe le mani e io la baciai sulle guance.

«Mi ha fatto piacere parlare con te.»

«Ti posso telefonare domani?» le chiesi, desideroso di un nuovo appuntamento.

«Certo, a presto, buona notte, caro.»

Mi aveva chiamato caro!

Ricambiai la buona notte e feci ritorno a casa in stato di esaltazione: mi sentivo appagato come non mi era mai successo, era come se stessi camminando sulle nuvole.

Ci vedemmo anche il giorno dopo, domenica.

Lei guidava una Cinquecento con il tettuccio di tela apribile, un modello cult, ce n'erano in giro a decine per tutta la città e a migliaia in tutta Italia.

Trascorremmo la serata in pizzeria con i soliti amici. Alle dieci decidemmo di tornare a casa e lei mi accompagnò.

Fermò l'auto accostandola al marciapiede. Avvertivo che era nata un'intesa particolare fra noi, come salutarci? In una frazione di secondo tutto fu chiaro.

Mi guardò sorridendo, staccando le mani dal volante per protendersi verso di me, io mi avvicinai e ci trovammo abbracciati.

Il bacio che seguì fu appassionato: le nostre labbra si toccarono e le lingue si attorcigliarono una all'altra in perfetta sincronia per lunghi e interminabili secondi, vorticosamente.

Le labbra si staccavano appena per riprendere fiato e ancora si incontravano senza perdere un istante, più e più volte. Quando ci separammo, ridemmo forte.

«Buona notte, caro, ti telefono domani.»

«Sì, a domani.»

Scesi dall'auto quasi barcollando, aprii il portone di casa e mi trascinai lentamente all'ascensore, vi entrai e sorrisi nel guardarmi allo specchio.

Mi era rimasto addosso un buon profumo di Eau de Lancôme.

Incominciammo a vederci quasi tutte le sere. Andavo all'università, le giornate meno impegnative le passavo in redazione alla Gazzetta. Dopo cena andavo da lei.

Passavamo ore stesi sul letto, uno di fronte all'altra, con le labbra appena a contatto, sentendoci solo respirare, mentre ascoltavamo musica in sottofondo.

«Viola, non parliamo molto, non credi?» le dissi una sera in cui mi sentivo particolarmente loquace.

«Cosa vuoi dire? Non capisco» mi rispose perplessa.

«Nulla... è che qualche volta potremmo anche fare altro, oltre a baciarsi per ore, intendo.»

«Tipo parlare, giusto? Hai ragione, ma vedi, non ho nulla di importante da dire, il più delle volte. Ho solo questa cosa, è sesso.»

Non era affatto una persona semplice, di questo me ne resi conto conoscendola sempre meglio.

Una sera giunsi a casa sua e la madre mi corse incontro, disperata.

«Vieni, Viola forse ti starà a sentire, è chiusa da due ore in cucina e non vuole uscire.»

Non capivo bene la situazione, immaginai fosse

scoppiata una lite familiare. Viola stava piangendo.

«Ciao, amore, cosa fai lì?» le dissi attraverso la porta sbarrata, alzando leggermente la voce.

«Vattene, non voglio vedere nessuno.»

«Sono appena arrivato, resto qui, mi fai entrare?»
Silenzio.

«Viola, andiamo in camera tua, sono tutti a letto.»

«Non voglio vedere mia madre.»

«Non la vedrai, non c'è. Esci, vieni da me.»

Viola si convinse e aprì la porta, la abbracciai. Singhiozzava e io non sapevo cosa dirle, ma tenendola stretta si calmò.

Io so calmare le persone con un niente, me ne sarei reso conto molto tempo più tardi.

Qualcosa di altrettanto indecifrabile accadde in un'altra occasione, quella volta a casa mia.

L'avevo invitata a cena, i miei genitori erano ansiosi di conoscerla dal momento che era ormai chiaro che quella ragazza mi aveva preso il cuore. La cena andò bene, si parlò del più e del meno.

Viola era molto controllata e questo era in sintonia con il suo carattere per cui non ci feci molta attenzione. Ero invece molto più concentrato sul comportamento dei miei, soprattutto di mio padre, che se ne sarebbe potuto uscire con qualche frase strana o artefatta, solo per fare dello spirito il più delle volte fuori luogo, come suo solito.

Terminata la cena, mio padre si spostò in sala, mentre mia madre sparecchiava e rassettava la cucina: era la situazione abituale.

Mi assentai qualche minuto per andare in bagno e, quando tornai, vidi che mia madre aveva finito di sparecchiare e aveva raggiunto mio padre davanti alla TV.

Viola era rimasta in cucina seduta al suo posto ad

attendermi.

«Cosa fai lì, tutta sola?» le chiesi. Non rispose.

«Perché non ci spostiamo?» le feci ancora.

Mi avvicinai ma qualcosa non andava, aveva la testa reclinata e stava guardando la tovaglia che, mi accorsi, era bagnata.

Cercai di scrutarla in viso e trasalii: non avevo mai visto lacrime scendere più copiose da un volto, era come se qualcuno avesse aperto i rubinetti di due fontanelle. Stava singhiozzando. Mi sedetti e la abbracciai.

«Cosa c'è che non va?»

«Niente... ora mi passa, stai tranquillo.»

In quel preciso momento mi accorsi di amarla.

«Viola, ti starò sempre vicino, non temere, ti amo troppo!»

Lei alzò gli occhi ancora pieni di lacrime, non disse più nulla, il pianto si interruppe.

Quella fu la prima volta in cui le dissi *"ti amo"* ed era anche la prima volta che lo dicevo a una donna.

A parte quel tipo di episodi a cui Viola si lasciava andare senza darmi spiegazioni, che mi consumavano l'anima perché non li comprendevo, ero felice.

Non mi era mai capitato di sperimentare un sentimento simile: l'amore si manifestava sempre, anche quando non stavo con lei.

Uscivo la mattina diretto in stazione e pensavo a Viola come se stesse accanto a me.

Sapevo di poter contare sulla sua presenza, sapevo che l'avrei rivista la sera quando sarei tornato, e questo mi dava sicurezza e conforto.

Era come se lei mi accompagnasse costantemente in ogni mia azione.

I giorni passavano ed era ormai inverno inoltrato.

«Senti, per venire da me usa la mia auto, a me non serve» mi disse Viola, un giorno, sorprendendomi.

«Sei sicura?»

«Ma sì! A Milano mi porta mio padre con la sua, così quando vieni da me alla sera fai prima, possiamo stare più tempo assieme.»

Così, praticamente, mi impadronii della sua Cinquecento. La tenevo parcheggiata sotto casa e la usavo per andare in stazione quando dovevo prendere il treno per Milano, e poi scarrozzavo Viola qua e là, all'occorrenza.

Capitava che a volte anche lei prendesse i miei stessi treni carichi di pendolari.

Quando la sera tornavamo nella mia città talvolta la attraversavamo a piedi per dare uno sguardo alle vetrine del centro, la gente ci passava accanto, ma io avevo occhi solo per lei.

Passeggiavamo fra le vetrine illuminate dei negozi, estasiati uno dell'altra, mano nella mano.

Un pomeriggio ci eravamo fermati davanti a un negozio di dischi, cadeva una pioggerellina leggera, eravamo in silenzio.

Io mi stavo angosciando senza ragione perché era troppo bello quello che stavo vivendo e pensavo, vittima di un attacco di cherofobia, che presto Viola si sarebbe stancata di me e senza quasi volerlo diedi voce ai miei pensieri.

«Viola, che cosa ci trovi in uno come me?»

Il mio sguardo triste, con tutta probabilità, fu molto più eloquente delle parole.

Lei si fermò e fissandomi rabbuiata in volto, sbottò:

«Ma cosa ti viene in mente, sei impazzito? Non dire mai più una cosa del genere!»

Stetti fermo a osservarla, più confuso che mai.

Viola aveva la mia stessa età. Era iscritta a lettere e filosofia, ma frequentava anche una scuola di danza classica con qualche velleità in più rispetto alle tante giovani appassionate che già in quegli anni si cimentavano in quell'arte molto impegnativa.

Talvolta partecipava a degli spettacoli ma io non l'avevo ancora mai vista esibirsi in pubblico.

Una sera eravamo in camera sua e lei sgranocchiava un sacchetto di caldarroste comprate alle bancarelle mangiandole tutte intere assieme alla buccia, le piacevano così. Era intenta a leggere uno spartito che aveva davanti, facendo movimenti con le mani che dovevano riferirsi alle figure di danza da tenere su un palcoscenico immaginario, pronunciando parole a me incomprensibili con voce sommessa.

«Sai, mollo l'università» esordì d'un tratto, lasciandomi allibito.

«Cosa? E perché?»

«Vedi, ho pensato di fare solo quello che amo di più e non è studiare. La settimana prossima mi iscrivo alla scuola di danza della Scala, ormai ho scelto quale strada voglio percorrere.»

Rimasi senza parole.

«Non so che dire...» riuscii a bofonchiare, evitando di guardarla negli occhi.

«Ah, bene, è così che mi sostieni?»

Si stava incazzando, lo intuivo.

«No, scusa, sono spiazzato, non me lo aspettavo.»

«Ho sostenuto un provino, la settimana scorsa. È andato molto bene, e questo mi basta.»

«Amore, se è questo che vuoi, fallo. I tuoi come l'hanno presa?» chiesi incuriosito. Forse cominciavo a capire come mai, nell'ultimo periodo, era strana.

«Come te» mi rispose facendo una smorfia.

«Ho capito, va bene» conclusi, desideroso di cambiare argomento.

«Sappi però che cambierà qualcosa» continuò, imperterrita, come se dovesse mettere in chiaro le cose sin da subito. «La sera sarò stanca, non usciremo più tanto spesso, e poi nei week-end mi dovrò esercitare.»

Stava ponendo delle condizioni come era solita fare e, quando assumeva quell'aria da maestrina, un po' mi divertiva e un po' mi indisponeva.

Era fatta così.

«Non ti preoccupare, non ho nessuna intenzione di lasciarti per questo» le dissi baciandola.

Le cose cambiarono, ma non in modo così spiacevole. A casa sua assistevo alle prove in modo sistematico e incominciai a farmi una cultura sul tema.

Imparai a distinguere i diversi passi e le figure della danza classica: parole come *Arabesque*, *Plié*, *Pirouette*, *Jeté*, *Pas de deux*, e tante altre, di cui ignoravo l'esistenza, si riempivano di significato; stavo a poco a poco acquisendo il vocabolario di quella forma espressiva un tempo a me estranea.

Una sera si mise a ripassare alcuni passi particolarmente impegnativi, praticamente seminuda, aspettandosi da me osservazioni stilistiche che, ovvio, non avrebbero dovuto deluderla. Feci del mio meglio, ormai stavo diventando un discreto intenditore.

A casa sua assistevo alle prove in modo sistematico e incominciai a farmi una cultura sul tema.

Giunse il giorno del primo spettacolo importante.

La *location* era situata in un paese collinare, Viola era

molto preoccupata: quella era per lei la prima volta con un pubblico *vero*.

Con la Cinquecento feci diverse volte la spola fra la città e il paese che distava circa quaranta minuti.

La accompagnai fin dietro le quinte del palcoscenico allestito per la rappresentazione, altre danzatrici stavano provando i passi per la *soirée*.

Alcune si impegnavano in modo tremendamente meccanico, questo mi colpì molto. Ma le ballerine non sono tutte eteree e pressoché incorporee?

Ma no, quelle che stavo ammirando erano vere e proprie macchine da guerra; provavano movimenti e figure in modo così veloce e ripetitivo da non poter credere che un paio d'ore dopo quelle stesse figure le avrebbero riproposte in scena trasmettendo al pubblico sensazioni di leggerezza, tenerezza e incanto.

Lasciai Viola al suo destino salutandola con un bacio e mi precipitai in platea armato di una Rolleiflex regolata 60/8.

Per quella serata aveva preparato un assolo sulla musica dell'autunno dalle Quattro stagioni di Vivaldi per la cui esecuzione aveva dato il meglio di sé concentrandovi una serie di figure di una certa complessità che si armonizzavano molto bene.

Avevamo ascoltato più volte a casa sua quel brano e lei aveva isolato la sequenza giusta; inoltre, aveva individuato i passi e le figure che le avrebbero consentito di concludere l'esibizione senza compromettere la sua resistenza fisica. Un lavoro meticoloso e attento al minimo dettaglio. Viola in questo era bravissima.

Mi aveva spiegato i segreti che stavano dietro quelle figure eseguite con apparente naturalezza che mandano in estasi gli appassionati di balletto, ma che di leggero hanno ben poco se si pensa all'impegno e alle risorse fisiche necessarie per portarle a termine a regola d'arte.

«Devi sapere che tre minuti per un assolo è un limite massimo, bisogna dosare forza, espressione, e saper reggere la durata. Noi ballerine dobbiamo fare tutto con il sorriso sulle labbra senza dare l'impressione della fatica, ma ti assicuro che è uno stress incredibile.»

Entrò in scena sicura di sé nonostante l'emozione ed eseguì i tre minuti estenuanti con grazia e sicurezza.

Era andata e gli applausi del pubblico furono ben meritati! Era brava davvero. Stanca e sfinita, era riuscita a dare sostanza al suo sogno di ballerina.

Ci infilammo nella Cinquecento per fare ritorno a casa. Prima di accendere il motore, all'una di notte, le dissi: «Sei stata bravissima» e mi allungai per darle un bacio.

«Veramente? Dici sul serio? Sai, per me è importante.»

Ero rimasto molto coinvolto emotivamente e glielo dissi.

«Si capiva che ci stavi mettendo tutta te stessa.»

Oddio, che banalità sto dicendo, pensai, ma funzionò.

«Grazie, sei stato un aiuto prezioso.»

«Dai, rientriamo.»

Non parlammo più. Viola si addormentò. L'accompagnai sotto casa, svegliandola dolcemente e, dopo averla salutata rincasai, sfinito pure io.

Dopo un paio di giorni sviluppammo le foto che avevo scattato durante lo spettacolo.

La invitai nella mia stanza che avevo trasformato per l'occasione in camera oscura, L'illuminazione era perfetta.

L'avevo approntata con cura minuziosa: porte e finestre oscurate con plastica e stracci neri, luce inattinica rossa per non impressionare le pellicole una volta estratte dalla macchina, bagni di rivelazione delle immagini, di fissaggio, cartoncini fotosensibili e, soprattutto, il proiettore ingranditore che si accendeva per pochi istanti ogni qualvolta l'immagine del fotogramma veniva proiettata sui cartoncini, i quali si trasformavano alla fine del processo in fotografie.

Gli scatti erano venuti bene, eravamo molto soddisfatti.

Regalai a Viola le foto, io avrei potuto ristamparle tutte le volte che avrei voluto.

Conservai le migliori nel cassetto della scrivania per ammirarle la notte prima di addormentarmi.

Ci rilassammo, ci stendemmo sul letto e accesi il giradischi.

Viola si slacciò lentamente i bottoni della camicetta e, dopo essersela sfilata e averla ripiegata con cura, si sbarazzò del reggiseno restando nuda dalla cintola in su; mi spogliai anche io, chiudemmo gli occhi e ci baciammo teneramente stringendoci, quindi lei si mise in ginocchio ai piedi del letto e accennò a una danza del ventre muovendosi sinuosa sulle note di *Something* dei Beatles.

Natale 1974

Sono tue per sempre

Per Natale Viola mi regalò una scatolina, dentro trovai un biglietto e, protetti dalla bambagia, alcuni piccoli oggetti.

Mio caro,
posso capire che, a prima vista, queste pietrine non ti dicano nulla, ma lascia che ti spieghi. Sono le ultime che mi erano rimaste: ho cominciato a regalarle alle persone a me più care e vicine e ora, ma ne sono veramente felice, le ultime sono per te. Hanno una piccola dolce storia: un signore me le ha donate perché, secondo una credenza indiana, queste sono le pietre che rispecchiano la mia persona e il mio carattere. Soprattutto il diaspro rosa della Cina e l'ametista trasparente che viene dagli Urali. Poi c'è una piccola malachite verde siberiana, una corniola rossa sudafricana e un'agata della Tanzania. Se le osserverai bene, forse ci vedrai davvero rispecchiata la tua Viola nei suoi aspetti e nelle sue sfaccettature dei mille attimi e momenti che ho passato con te. A me hanno portato fortuna; adesso è giusto che la mia piccola parte di fortuna passi a te. A questo punto mi è quasi spontaneo pensare a un tuo sorriso: quante sciocchezze racconta questa ragazza! Sciocchezza per sciocchezza, accettale, ti

prego. Oppure considerale solo un ricordino del Natale per me più dolce e più vivo. Sono tue per sempre. Viola

Gennaio 1975

Non sembrava particolarmente turbato mentre mi ascoltava

Conobbi Veronica davanti alla bacheca della facoltà. Stavo consultando gli orari delle lezioni, almeno credo fosse quello il motivo per cui ero dinnanzi a quella bacheca, quando qualcuno si rivolse a me.

Una voce mi chiese qualcosa, però non ricordo che cosa, forse un'informazione su un corso.

Questa ragazza deve essere una matricola, pensai. Le matricole infatti sono generalmente piene di dubbi e incertezze.

La voce era gradevole, molto gradevole, vagamente aggressiva, ma non troppo. Mi voltai, ma non vidi nessuno, abbassai leggermente lo sguardo, notai dei lunghi capelli biondo chiaro, lei alzò gli occhi e ripeté la domanda.

Adesso la vedevo in viso ed era carina. Prendemmo un caffè alla macchinetta della sala studio di facoltà e ci raccontammo brevemente le nostre storie. Lei era diplomata in ragioneria.

«Penso che mi potrai insegnare delle cose» le dissi, «al liceo economia non la si vede nemmeno col binocolo.»

«Non ci sperare, ho già capito che qui si fanno cose che non ho mai visto in vita mia.»

Il resto della conversazione lo passammo ad accordarci sulle lezioni dei corsi di comune interesse e ci lasciammo dandoci un appuntamento ad una di queste. Se non altro, sarebbe stato semplice scambiarci gli appunti.

Veronica non era esattamente una matricola, anche lei era iscritta al secondo anno, come me.

La rividi giorni dopo in aula, mi sorrise, io mi spostai di posto e mi sedetti accanto a lei. Portava sempre dei jeans, come gran parte delle ragazze in quegli anni.

Fra una lezione e l'altra, entrammo sempre più in confidenza. Lei era strana, all'inizio soave con quella sua voce quasi impercettibile; a poco a poco si fece sempre più spontanea, dando dimostrazione di un eloquio sorprendentemente farcito di espressioni volgari, come si usava allora, quando non intercalato da qualche bestemmia pronunciata come automatismo, ma senza malizia.

Ripensavo agli insegnamenti ricevuti dalle suore: *«Bambini, quando sentite una bestemmia, dite una giaculatoria!»*

Sì, ma in questo caso, quante avrebbero dovuto essere? Lasciai perdere le giaculatorie.

Veronica era di sicuro una ragazza singolare, oltretutto era la sola amicizia che avessi in università.

Ero contento di trascorrere del tempo con lei perché non avevo amici né compagni di studio. Per un certo verso era esattamente quello che desideravo, nessun confronto con i vecchi compagni di liceo, un periodo che facevo di tutto per dimenticare.

Poiché in Statale non esisteva la facoltà di economia, avevo scelto scienze politiche con indirizzo economico, Veronica credo avesse scelto quello sociale.

Gran parte degli studenti, in quel periodo, erano infatti iscritti all'indirizzo sociologico.

Erano gli anni Settanta: Scienze politiche a Milano era un punto di aggregazione del Movimento studentesco, una facoltà estremamente politicizzata, come del resto qualsiasi altra facoltà, non solo umanistica.

Lei era una di sinistra, e questo era normale: erano rarissime le ragazze non di sinistra, per quanto non del tutto inesistenti. Quelle non di sinistra erano prevedibilmente noiose, se si iscrivevano a scienze politiche le si poteva trovare in Cattolica.

Veronica, nel tempo libero, vendeva un giornale della sinistra extraparlamentare, ma non lo portava mai in facoltà; in realtà, non so perché lo facesse.

Doveva forse avere un fidanzato, anzi un ragazzo, come si diceva allora, ma non sembrava particolarmente convinta, anzi pareva alquanto scocciata quando ne parlava.

A volte speravo di non incontrarla, perché lei a lezione si stancava quasi subito, altre volte invece speravo di vederla.

Era un personaggio confinato all'università, senza che questa relazione interferisse con quella con Viola che peraltro stava andando a gonfie vele.

Veronica era un elemento inquietante e tendenzialmente trasgressivo che esercitava una certa attrazione su di me, ma che tenevo sotto controllo, dopo tutto.

Difficile era capire le sue forme fisiche: d'inverno indossava un lungo loden verde a campana che teneva spesso aperto sul davanti e lasciava intravedere il suo tipico casual jeans e maglioncino.

Non sapevo dire se avesse belle gambe, ma era decisamente una ragazza disinvolta e questa dote faceva apparire ai miei occhi qualsiasi ragazza terribilmente attraente.

Un giorno mi disse che sarebbe stata operata di appendice, doveva essere un periodo di calma in università, disse che non sarebbe venuta a lezione per un po'.

«Nessun problema, rimettiti presto» le risposi.

«Ti telefono quando esco dall'ospedale.»

Dopo circa una settimana, mi chiamò invitandomi a casa sua per un aggiornamento sui corsi. Venne ad aprirmi.

«Vieni da questa parte.»

Mi portò in un piccolo tinello e, con mia grande sorpresa, si abbassò i jeans fino all'inguine in modo da farmi ammirare la cicatrice dell'intervento.

Convenimmo assieme che si trattava di una bella cicatrice, quasi invisibile tanto era minuscola. Soddisfatta di quell'esibizione, passammo tranquillamente a prendere il tè e a parlare del più e del meno.

Qualche volta, indipendentemente dalla stagione, indossava un kilt scozzese a quadrettoni, di quelli che si chiudevano con un'enorme spilla da balia sul davanti.

Se la spilla era affrancata in alto, poteva capitare che per un qualche motivo uno dei lembi della gonna si piegasse mettendo in mostra per qualche decimo di secondo una coscia, ma questo accadeva piuttosto di rado.

Veronica aveva iniziative insolite.

«Dì un po', ti andrebbe di fare un lavoro rilassante? Io ho deciso di lasciarlo, non ce la faccio più.»

«Se è così rilassante, perché lo lasci?»

«Perché mi consuma, allora lo vuoi fare o no? È pagato

bene.»

«Sì, lo prendo.»

«Ma come, se non sai nemmeno di cosa si tratta?»

«Potresti dirmelo.»

«Devi leggere dei libri a un cieco.»

«Come?»

«Proprio così. Lui non può leggere e ha bisogno di una persona che legga ad alta voce, io l'ho fatto per un paio di mesi e adesso mi sono stufata.»

«Pagato quanto?»

«Abbastanza bene, ti fai un centone[1] al mese per due volte la settimana, ogni lettura un'ora, un'ora e mezza, tutto lì. Adesso sto leggendogli la storia della rivoluzione cubana. Che fai, lo prendi? Sul serio?»

«Sì, ti ho detto di sì.»

«Allora stasera gli telefono.»

«Ehi, aspetta, non mi hai detto dove abita.»

«Dalle parti dell'obitorio.»

«Ah... bene.»

Fu così che cominciai questa nuova attività che aggiungeva qualcosa ai miei scarsi guadagni da giornalista della Gazzetta della mia città.

Arrivavo da lui il primo pomeriggio, viveva solo, o almeno non vidi mai nessun altro in casa; mi faceva accomodare nella sua stanza attrezzata come un vero e proprio studio di registrazione.

Azionava un magnetofono con bobine abbastanza grandi che giravano a velocità elevata, il microfono era lì in bella mostra. Io cominciavo a leggere.

Non sono mai stato impressionato dalla mia voce,

---

[1] In gergo dell'epoca l'ammontare di 100 mila lire (51,6 €)

quando la sentivo registrata mi dava un senso di disagio. Lui non sembrava particolarmente turbato mentre mi ascoltava.

Leggevo alla velocità giusta cercando di dare espressione alle frasi. Non mi rendevo conto di stare incidendo un audio-libro: una cosa che sarebbe stata inventata e commercializzata almeno una ventina d'anni più tardi.

A un certo punto, compresi le difficoltà di Veronica.

Farsi pagare per un lavoro che avrebbe potuto essere una forma di volontariato poteva sembrare stridente, ed era proprio questo il problema, ma al tempo stesso capivo che si trattava di una forma di lavoro dignitosa.

Per me, che davo una quota del mio tempo per svolgere un servizio il meglio che sapessi fare, e per lui che mi retribuiva con le risorse del proprio sostentamento.

La cosa andò avanti qualche tempo.

Un giorno gli dissi che non avrei potuto continuare. Da quel momento non lo vidi più e non seppi più nulla di lui.

La mia voce restò incisa sul magnetofono, la voce della rivoluzione cubana.

Marzo 1975

Sotto una montagna di plaid

Talvolta con Viola passavamo le giornate a Milano a fare shopping. Una meta irrinunciabile era il negozio di articoli di danza proprio a fianco della Scala.

Solo lì, Viola trovava certe scarpette con le punte durissime per potersi librare stando in equilibrio sui piedi come fossero minuscoli trampoli ed eseguire le sue incredibili figure. Solo in quel negozio e in nessun altro vendevano calzature tanto perfette. Mentre Viola si tratteneva nella scelta della scarpetta a lei più congeniale, io ingannavo l'attesa passeggiando fra le stradine attorno a piazza Filodrammatici.

L'alternativa a quel genere di acquisti poteva essere visitare la libreria Feltrinelli oppure mostre e musei o andare al cinema.

«Ti va di andare al cinema dopo pranzo?» chiese Viola un giorno dopo aver girovagato per chilometri tra vetrine e negozi.

«E' un'idea» risposi prontamente.

«Vicino a porta Garibaldi danno *Il Laureato*, l'hai mai visto?»

«No. Se andiamo al primo spettacolo faremo in tempo a prendere il treno delle sette.»

Il film del 1967, con Dustin Hoffman, era piuttosto noto ma noi non avevamo ancora avuto l'occasione di vederlo.

Raggiungemmo una sala d'essai senza pretese dalle parti della stazione Garibaldi e ci sedemmo nelle ultime file.

Il film incominciò, ma la storia non ci prese per nulla.

Ogni tanto ci osservavamo e ci baciavamo, poi riprendevamo a guardare lo schermo. Poi i baci si fecero più frequenti e più intensi, in breve perdemmo il filo della trama e passammo il resto del film a baciarci con impegno.

Coinvolto in quell'attività, le avevo anche infilato una mano sotto la gonna e le stavo accarezzando le cosce dalla parte interna fino a solleticarle il sesso ormai inumidito. Riemergemmo soltanto alla scena finale mentre Katharine Ross, in abito da sposa, si stava infilando nel pullman assieme a Dustin Hoffman.

In un'altra occasione, ci aggregammo a un'iniziativa di un dopolavoro aziendale che aveva organizzato un'escursione in occasione della prima dell'opera di Luigi Nono *Al gran sole carico d'amore*.

La rappresentazione si teneva al Lirico di Milano. Ricordo una serata assurda, l'opera era di una sgradevolezza infinita, rumorosissima e non finiva mai.

Al ritorno eravamo tutti frastornati.

A Vigevano, una sera assistemmo a *Utopia*, opera di Luigi Ronconi, messa in scena all'aperto nella celebre piazza della cittadina lombarda.

Quella fu un'esperienza più interessante. Al ritorno in auto, cercavamo di tenerci svegli. A un certo punto Viola disse: «Certo che io figli non ne farò mai.»

«Perché?»

«In questo mondo di schifo che prospettive potrebbero

avere? Non sarebbero felici.»

Non avevo mai pensato in quei termini. Da un lato potevo darle ragione, dall'altro mi sembrava un discorso eccessivamente nichilista e le risposi in modo vago.

«Le cose possono sempre cambiare in meglio, Viola.»

Lei non parlò più, segno che in quel momento non fosse incline a ragionare sulle proprie convinzioni.

I nostri incontri continuarono come sempre, sebbene le occasioni di intimità, a causa degli impegni di ciascuno, non fossero frequenti, almeno non quanto lo desiderassi, ma appena possibile passavamo il tempo a letto assieme.

Viola aveva già avuto un ragazzo, un ex compagno del liceo, ma non parlava volentieri di lui.

«Lo conosco?» le chiesi, un giorno.

«Non credo.»

«Perché vi siete lasciati?»

«Aveva un brutto carattere, era molto possessivo.»

«Un po' tutti i ragazzi lo sono.»

«Forse, adesso sta con un'altra»

«Chi è?»

«Non la conosci, si chiama Alice, ti dice qualcosa?»

«No, per niente.»

Un giorno decidemmo di sfruttare un'occasione unica. Si avvicinava la primavera e con la scusa di un sopraluogo alla casa di montagna, ancora chiusa per il lungo periodo invernale, presi le chiavi e invitai Viola con me. Finalmente saremmo stati soli con la casa tutta per noi e le nostre intenzioni non erano soltanto limitate alla contemplazione bucolica della natura.

Dopo circa un un'ora di macchina arrivammo a destinazione. Quel giorno di marzo il cielo era terso e in giardino c'era una piccola radura assolata.

Viola e io ci sdraiammo sull'erba a guardare il panorama e a parlare.

Quando il sole se n'andò, entrammo in casa, era molto fredda e mancava il riscaldamento se si escludeva un piccolo camino che però non era sufficiente a scaldare tutti gli ambienti.

Lo accendemmo comunque e ci sistemammo in una brandina nella stanza vicina.

«Ho freddo.»

«Vieni, Viola, dammi una mano, di là ci sono le coperte.»

Ci mettemmo sotto una montagna di plaid e incominciammo a spogliarci cercando di rimanere al caldo, un'operazione un po' complicata, ma nel suo genere assai divertente.

«Ora è troppo caldo» disse.

Ci togliemmo tutto quello che ci era rimasto addosso e ci ritrovammo completamente nudi.

I preliminari furono ridotti all'essenziale e la penetrazione avvenne senza la minima difficoltà in modo incredibilmente dolce, per quanto poco profonda.

Mi ritrassi infatti molto presto. La ejaculatio era stata alquanto praecox.

Fu la prima volta per me e la prima volta con lei.

«Sono le prime esperienze anche per me» disse, cominciando a massaggiarmi il sesso con una certa disinvoltura.

Forse non erano proprio le sue prime esperienze, pensai in seguito, senza che di quel fatto mi importasse poi granché.

Passammo il resto del tempo a coccolarci e a massaggiarci dappertutto al calduccio.

I nostri incontri d'amore continuarono con rinnovata

intensità nei mesi successivi, nonostante i miei problemi ejacualtori persistessero. Non mi rendevo conto fino a che punto, alla lunga, questo inconveniente potesse creare un problema. Lo reputavo esclusivamente un problema mio. Ma mi sbagliavo. Fu Viola un giorno ad aprirmi gli occhi quando, nell'intimità, abbracciata a me, sussurrando, mi disse: «Che ne diresti di provare una volta con mia cugina? Potrebbe aiutarti.»

Io, discostandomi da lei, la fissai come si guarderebbe un marziano.

«Viola, voglio bene a te.»

E lei non disse più nulla a riguardo.

Aprile 1975

La connessione si stava attenuando

Cercavo di mantenere i contatti con il mio gruppo di riferimento benché la presenza di Viola mi trascinasse altrove. Gliene parlai.

«Ti andrebbe di accompagnarmi al gruppo, una volta?»
«Perché? sai che non sono credente.»

Il problema delle coppie cosiddette miste, fra credenti e non credenti, era uno di quegli argomenti che venivano discussi nel gruppo; generalmente si facevano i conti senza l'oste, vale a dire: nel gruppo eravamo tutti credenti e dunque mancava il contraddittorio.

«Beh... vedi com'è, poi mi dici cosa ne pensi.»
Decise che il mercoledì successivo sarebbe venuta.

Funzionava così, mi incontravo con gli altri due volte alla settimana: il mercoledì per la messa, il sabato per la preghiera comune e la discussione su temi vari, sociali o religiosi.

Viola venne, la presentai a tutti e ci accingemmo a seguire la funzione.

Dopo la conclusione della liturgia, vidi che si attardava sull'inginocchiatoio, mentre tutti noi del gruppo già ci salutavamo dandoci conferma sul prossimo incontro.

Viola teneva la testa fra le mani, assorta in preghiera o in meditazione. Rimase in quella posizione alcuni minuti, poi si alzò e venne a salutarci.

Tornammo a casa.

Il giorno dopo, quando ci rivedemmo, le chiesi: «Come ti sei trovata?»

«Non so» rispose dopo averci pensato un po'.

«Pensi di ritornarci?»

«No, non credo che ci tornerò, scusami.»

Non ne parlammo più: forse non era la ricerca religiosa a creare problema, forse era il tipo di appartenenza e la dinamica fra le persone a costituire un problema.

Credo che Viola avesse colto alcuni aspetti importanti: non aveva bisogno di un gruppo nel quale identificarsi, era una persona molto individualista come lo ero stato io fino a quel momento, almeno, benché nel mio caso, questa caratteristica si manifestasse a fasi alterne.

Infatti, a poco a poco anch'io non riuscii più a ritrovare gli spazi interiori per mantenere i contatti con i membri del gruppo. In altre parole, non ne avvertivo l'esigenza.

La connessione si stava attenuando, ma non era una mancanza di fede, era solo una mancanza di comunicazione, non c'erano più cose da dire.

Me ne andai. Fui accusato di averlo fatto senza fornire spiegazioni che, per esperienza, ripensando ai distacchi di altri membri del gruppo, sarebbero state estenuanti, almeno per me. Accettai le critiche, dopo tutto i miei compagni di comunità avevano le loro buone ragioni.

Mi ero ormai connesso con Viola.

Giugno 1975

Ci venne assegnata la camera numero 8

«Siate felici, divertitevi, sappiate che questi giorni non torneranno più.»

Con questa benedizione, la madre di Viola espresse il suo consenso alla decisione della figlia di partecipare a un master di danza a Venezia.

Io l'avrei accompagnata per passare qualche giorno assieme. La famiglia di Viola era di ampie vedute e non si faceva problemi a riconoscere che i tempi fossero maturi per quel genere di iniziative, d'altra parte a vent'anni non si dovrebbe chiedere il permesso a mamma e papà di condividere con il proprio ragazzo un letto matrimoniale, lo si fa e basta.

Dalla mia città il treno per Venezia partiva attorno alle otto, era quello che prendevo tutti i giorni per Milano; all'epoca proseguiva senza cambi fino a Venezia e Trieste.

Talvolta il treno aveva carrozze dirette a Zagabria, mentre a Verona ne venivano sganciate una o due destinate a Vienna. Questo per dire che l'alta velocità era di là da venire, ma si viaggiava sicuramente in modo più razionale di oggi.

Scendemmo nella città lagunare attorno all'una del pomeriggio, ci incamminammo verso la pensione che avevamo prenotato, una fra le più economiche, proprio dietro San Marco.

Arrivammo e ci venne assegnata la camera numero 8, molto piccola ma carina, a due letti singoli che unimmo immediatamente. Eravamo sfiniti.

Viola indossava una t-shirt con una ampia gonna bianca a pieghe e sbalzi.

Ci buttammo sul letto e ci rotolammo avvinghiati per una mezz'oretta, nessuno avrebbe disturbato i nostri baci.

Poi ci vestimmo e facemmo un giro per la città alla ricerca di un posto dove mangiare qualcosa. Il pomeriggio trascorse con una breve visita a piazza San Marco e a gironzolare senza meta precisa qua e là.

Tornammo all'albergo, la stanza era buia, ci spogliammo, mi misi il pigiama e mi infilai in uno dei due letti, Viola uscì dal bagno coperta da una minuscola sottoveste di raso e si sdraiò accanto a me.

Pensai subito che, per la prima volta, avrei passato una notte intera a letto con la mia ragazza. Il suo corpo aderì al mio, la sottoveste di raso, come il mio pigiama, divennero ben presto due oggetti ingombranti; ce li sfilammo.

Entrambi, completamente nudi, ci sbarazzammo anche delle lenzuola. Mi industriai con impegno a esplorare il suo corpo minuziosamente, accarezzandolo dappertutto, le nostre bocche costantemente sigillate una all'altra. Facemmo l'amore per tutta la notte.

«Viola, fare l'amore con te è come una preghiera» le dissi a un certo punto.

«È la cosa più giusta che possiamo fare» rispose.

Il sesso e la sua peccaminosa pratica al di fuori dal matrimonio poteva essere un problema per un giovane cattolico educato all'astinenza quale ero io.

Nel gruppo di base, che avevo da poco smesso di frequentare, di queste cose non si parlava, o meglio se ne parlava in linea di principio, in generale, come per esempio degli approfondimenti sulla *Humanae vitae*, l'ultima enciclica di Paolo VI del 1968, ma con gli amici il sesso era argomento tabù.

Sicché mi ritrovai a giustificare una serie di cose e diedi vita a una mia personale riforma protestante.

In pratica la tesi era questa: se il sesso è praticato con amore non c'è peccato. In questo modo veniva esclusa qualsiasi altra forma di pratica sessuale come il ricorrere al sesso a pagamento o, come nel caso prospettatomi di Viola, quello a scopo, per così dire, terapeutico, qualora avessi accettato la sua proposta di farlo con Laura, anche se, a ben pensarci, e con il senno di poi, pure in quel caso che lasciai sfumare, un'eccezione me la sarei anche potuta perdonare.

Tutta la mia personale filosofia sul tema sarebbe stata considerata decisamente riprovevole, se si escludevano alcuni preti fra i più progressisti, pertanto non ne feci menzione con nessuno e tanto meno con Viola, la quale, non praticante, non ne sarebbe rimasta affatto impressionata.

Alle otto del mattino ponemmo fine alla nostra notte d'amore. Dovevamo aver dormito al massimo un'ora o due. Viola aveva le occhiaie, io non so. Comunque, non potevamo perdere tempo. Dopo un paio di caffè la visita della città ci attendeva.

Il master di Viola si sarebbe svolto alla Biennale. In città erano state allestite diverse mostre d'arte e ci mettemmo a visitarle. Entrammo in un padiglione, trovammo una stanza molto piccola con alle pareti delle lenzuola blu e con luci che pendevano da fili che partivano dal soffitto. Al centro della stanza, anch'essi pendenti dal soffitto, alcuni specchi.

«Scusate, posso chiedervi un favore?» Un fotografo era comparso all'improvviso, prendendoci alla sprovvista.

«Sto preparando un servizio fotografico per una rivista, vi spiace mettervi in posa?» Io e Viola ci guardammo, perplessi.

«No, certo, faccia pure, cosa dobbiamo fare?» rispose Viola

«Nulla, state fermi così» – ci spostò nella posizione giusta – «state in piedi uno di fronte all'altro e guardatevi attraverso gli specchi»

Scattò una serie di foto, ci ringraziò e se ne andò via, noi gli sorridemmo contenti e un po' stupiti. Dovevamo essere proprio carini.

In quei giorni, a causa della Biennale e della settimana sulla danza, Venezia era anche disseminata di tanti piccoli palchi, sistemati nelle diverse piazzette.

Una sera ci recammo in Santa Maria Formosa dove la compagnia di Bejart avrebbe messo in scena uno spettacolo. Corpi di giovani ragazze e ragazzi si muovevano in perfetta sincronia sulle note di *'O surdato 'nnammurato*.

Un'altra sera cenammo a Murano, ci sistemammo fuori su un tavolino minuscolo, continuando a parlare di quello che avevamo visto. Quando il cameriere ci portò il conto, sorrise.

«Vi ho osservati tutto questo tempo.» Oddio, che cosa avevamo fatto? Lo guardammo, preoccupati.

«Siete due incantevoli piccioncini.» Noi scoppiammo a ridere e lui ci fece lo sconto.

Furono giornate indimenticabili.

L'ultimo giorno, accompagnai Viola ancora alla Biennale, la lasciai davanti al palazzo del master.

Ripresi il vaporetto e mi diressi in stazione riflettendo su quanto la città, ora senza Viola accanto a me, avesse d'incanto perduto quel suo chiarore e quei suoi colori fiabeschi per assumere sfumature tristi, appiccicose e distanti.

Misi piede sul treno e mi addormentai quasi all'istante.

Lettera di Viola, Venezia, giugno 1975

Tesoro,
la notte, quando non mi riesce di dormire, penso sempre alle chiacchierate che abbiamo fatto qua a Venezia, e mi piace ricordarmele, rivivere se è possibile almeno i riflessi delle sensazioni bellissime che ho provato con te. Mi sento meno sola. Per fortuna la scuola assorbe quasi tutta la giornata, perché altrimenti non saprei proprio come fare. Venezia è malinconica e le volte in cui mi trovo a girarla da sola mi prende un po' la tristezza, però sono momenti dolcissimi perché mi rivengono in mente tutte le cose fatte insieme e tutto quello che ci siamo detti. Vedi, amore, sento che mi manchi proprio per quella confidenza così spontanea che provo solo con te.
Ti voglio tanto tanto tanto bene. Viola

A ripensarci, quella mise non le donava per niente

A interferire con i nostri momenti di intimità arrivò un disturbatore inaspettato.

Quante probabilità ci potevano essere che la ragazza con la quale avevo iniziato a corrispondere per lettera durante le scuole medie si sarebbe innamorata di un ingegnere in servizio di leva proprio nella mia città? Una su un milione? Ebbene, accadde questo.

Una sera ricevetti una telefonata.

«Pronto?»

«Ehi, ciao, sono il ragazzo di Sabrina di Roma. Te la ricordi, vero?»

Conosceva il mio nome e stavo facendo uno sforzo di memoria.

«Sì, certo che me la ricordo!»

«Mi chiamo Lucio, faccio la naja qui, nella tua città, e non conosco nessuno. Sabrina mi ha dato il tuo numero, magari se ci vediamo mi fai conoscere qualcuno... sai, la vita del militare...»

«Sì, capisco, non c'è problema, dove ti trovi?»

Fu così che ci incontrammo.

Lo portai al Circolo dove andavamo tutti: lì, si poteva incontrare mezzo mondo.

Al contrario di me, Lucio era molto espansivo, attaccava subito bottone con tutti. Gli presentai Viola.

«Lui è Lucio, fa il militare qui, è di Roma.»

«Che bello!» disse Viola alludendo al fatto che fosse stato assegnato su al nord.

Fu così che Lucio imparò la strada che, dalla caserma, conduceva alla casa di Viola.

Ci veniva spesso a trovare verso le nove di sera, incominciava a parlare e solo verso le ventidue e trenta ritornava in caserma.

Nei week-end gli facevamo scoprire i dintorni della città. Anche Lucio aveva studiato al liceo.

Si era creato un certo feeling fra lui e Viola, condito di dotte citazioni artistiche e filosofiche. Però, queste uscite a tre cominciarono a infastidirmi anche se non lo davo a vedere.

Quando ci trovavamo a casa di Viola, lui ci parlava in continuazione di Sabrina.

Una sera descrisse nei minimi particolari come lui e Sabrina acquistassero in farmacia una serie di prodotti anticoncezionali: preservativi, creme, spermicida. Tutte cose che Viola e io non usavamo, probabilmente perché a entrambi non piaceva programmare nel dettaglio il sesso: lo facevamo quando capitava.

Fortunatamente il periodo di leva di Lucio finì e alla fine dell'estate ritornò a casa non senza aver prima deciso tutti assieme di trascorrere una decina di giorni in un piccolo paese in Toscana, quasi a metà strada tra noi e loro.

Per me sarebbe stata l'occasione di incontrare per la prima volta Sabrina, la mia ex corrispondente a distanza.

Sabrina, all'inizio, mi aveva inviato molte lettere, io altrettanto, poi c'era stata una stasi che avrebbe dovuto essere un'interruzione dei contatti definitiva, si sa come procedono queste cose.

Da una prima infatuazione si passa alla routine e a poco a poco al decadimento della relazione, ma il sopraggiungere di Lucio agì come una scossa.

Non riprendemmo a scriverci, però l'idea di conoscerci in una situazione tanto diversa era sicuramente interessante e ci accordammo per trascorrere qualche giorno di vacanza assieme.

Scendemmo in Toscana con la Cinquecento di Lucio, incontrandoci così a metà strada: io e Viola ci alternammo a fianco del posto guida, poi avremmo fatto ritorno a casa col treno.

Il paese, Poppi, in provincia di Arezzo, sembrava un piccolo e perfetto presepe: abbarbicato su una collinetta, lo si raggiungeva con una strada secondaria in salita dopo aver lasciato la statale. Ci sembrò di essere tornati indietro nel tempo.

La Cinquecento attraversò le mura medievali e parcheggiammo nella piazza antistante il Castello dei Conti Guidi; le poche case che la circondavano erano a un piano, molto caratteristiche.

La nostra dimora era situata in fondo al paese, una vecchia abitazione presa in affitto da nostri amici: ingresso con cucina al piano terra, due stanze comunicanti al primo piano per dormire. Viola e io ci piazzammo nella prima, Sabrina e Lucio nella seconda.

Le giornate trascorsero visitando i dintorni e le principali località artistiche, come Chiusi della Verna, con le reliquie di San Francesco d'Assisi, spingendoci anche a Romena, con il suo splendido castello un po' diroccato e una capatina ad Arezzo, per ammirare la parte vecchia della città.

Tutti noi eravamo interessati alla cultura e all'arte.

Durante quelle vacanze, Viola era solita indossare una salopette che le arrivava fino a metà caviglia, che infilava semplicemente sopra a una canottiera o a una t-shirt.

A ripensarci, quella *mise* non le donava per niente. Oltretutto, era scomodissima da sfilargliela di dosso perché le bretelle non si staccavano mai al primo tentativo.

Una sera, a letto, Viola mi confessò una cosa.

«Stavo riflettendo su quello che abbiamo visto, sai?»

«E...?» le chiesi.

«Credo di essere un'intellettuale» rispose distaccata.

Per la prima volta la osservai con un'ombra di delusione nei miei occhi. Mi ero aspettato considerazioni più intime.

«Beh, credo che lo siamo tutti, un poco. Mi pare una bella cosa, no?»

«Certo» mi disse, non troppo convinta. Ma l'osservazione di Viola era sicuramente vera. Un poco intellettuali lo eravamo veramente.

Ci piaceva elaborare le informazioni studiate a scuola e le argomentavamo con punti di vista e osservazioni personali.

Avevamo una propensione alla critica artistica e sociale; noi tutti volevamo risolvere i problemi del mondo, il quale non sarebbe stato più lo stesso dopo che la nostra generazione avrebbe preso finalmente il potere.

Questo era l'approccio al futuro di noi giovani ventenni in quegli anni.

Febbraio 1976

Quando si dice avere classe

«Cazzo, dov'è finita...?»

La Cinquecento di Viola non c'era più. L'avevo parcheggiata sotto casa la sera prima, attorno alla mezzanotte, e adesso?

Che mi stessi sbagliando? L'avevo forse lasciata dall'altra parte della strada? Mi era già capitato una volta di confondermi ed era possibile che stesse succedendo di nuovo.

No, non c'era neanche di là. Camminando avanti e indietro come un matto osservai tutte le auto, speranzoso che la Cinquecento si materializzasse come per magia davanti ai miei occhi, ma niente da fare.

Forse più avanti? No, quando manca qualcosa come un'auto e non la trovi dove l'avevi lasciata e nemmeno un po' più in là o in qua, vuol dire che te l'hanno rubata.

Ma non era possibile, l'auto di Viola!

Ecco, ora mi toccherà ricomprargliela, pensai, *ma come faccio, non ho così tanti soldi da parte!*

Rientrai in casa e le telefonai, con l'ansia a mille, sperando di trovare un modo carino per comunicarglielo.

«Viola, amore, senti: c'è un problema.»

«Che tipo di problema? Sputa il rospo!»

«Mi hanno rubato la Cinquecento...»

Pausa.

«Ma va, non fare lo stupido!»

«No no, non sto scherzando!» continuai, agitato. «Era sotto casa e non c'è più, qualcuno l'ha rubata!»

Lei si mise a ridere.

«Perché ridi? Non so cosa fare!»

«Ma lascia perdere, caro. Non fa nulla, tanto non la usavo, mi spiace per te che dovrai riprendere la bici.»

Quando si dice avere classe!

Fosse capitato a casa mia, di farsi fregare la macchina, apriti cielo! Poi, in realtà, non sarebbe successo nulla ugualmente, però la prima reazione non sarebbe stata altrettanto olimpica.

«Dillo ai tuoi e poi fammi sapere cosa intendete fare» continuai, imperterrito.

«Tranquillo, non stare ad angosciarti, adesso, ok?»

In effetti, il furto fu accolto nella famiglia di Viola al pari di un evento ineluttabile: capita che in giro ci siano ladri e talvolta ti freghino la macchina.

Sarebbe potuto succedere sotto casa mia come sotto quella di Viola: questo fu il loro sensatissimo approccio.

Accettai quell'episodio con un po' di disagio e le cose ripresero con naturalezza, senza il benché minimo strascico del tipo: *che stupido sei stato a farti portar via la macchina.*

Con l'aiuto dei miei, acquistammo una Cinquecento esattamente uguale a quella di Viola, con il tettuccio di tela apribile.

L'idea era di usarla in due, ma Viola continuava a non mostrare interesse, preferiva farsi portare: *noblesse oblige.*

Smettemmo di pensare alla macchina, sembrava perduta per sempre e riuscimmo a metterci una pietra sopra.

Una sera Viola mi telefonò. Stavamo parlando del più e del meno e se ne uscì con:

«Ah, la sai l'ultima?»

«Cosa...?» chiesi incuriosito.

«Hanno ritrovato la macchina.»

«Eh, e me lo dici così? E dove?»

«In campagna. Senti, bisogna andare a riprenderla, ci puoi andare tu?»

«Certo che ci vado, dimmi dove esattamente, così vediamo in che condizioni si trova.»

L'auto era stata abbandonata nel bel mezzo di una risaia; tutto sommato, a parte la sporcizia, era ancora in perfette condizioni.

Riuscii a rimetterla in strada e, attraversata la città, gliela riportai. Così ora avevamo due auto.

Marzo 1976

Il tempo passava bevendo vino rosso sfuso, barbera e birra

Nel cuore di uno dei quartieri più periferici della mia città c'era il Circolo del popolo, come recitava l'insegna.

Era una tipica osteria fuori porta, di quelle simili ai circoli operai di un tempo, frequentata da avventori locali che alla sera, soprattutto nei dopocena dei fine settimana, si riempiva di giovani più o meno politicizzati.

Il tempo passava bevendo vino rosso sfuso, barbera, birra, giocando a carte oppure discorrendo animatamente di politica. Quando l'atmosfera si scaldava a sufficienza, qualcuno intonava uno dei tanti canti di lotta: *Sciur padrun, Bandiera Rossa, L'Internazionale*.

Si potevano ascoltare chitarristi improvvisati che strimpellavano i motivi cult del momento, come l'immancabile *Locomotiva* di Guccini o altri classici come quelli del già allora acclamato De Andrè.

A un certo punto della serata, ben oltre la mezzanotte, l'atmosfera scemava.

A poco a poco, la gente se ne tornava a piccoli gruppi a

casa. I più trasgressivi inventavano delle performance originali, di solito il sabato sera, come Alberto che, con il suo Land Rover di seconda mano, invitava chi voleva andare a vedere il sorgere del sole al mare, in Liguria, oppure a fare colazione a Parigi.

Le compagnie erano fluide, ci si poteva aggregare a un tavolo o a un altro senza che nessuno chiedesse chi fossi, si poteva restare lì in silenzio oppure partecipare alla discussione.

Si poteva portare una chitarra e suonare: qualcuno si sarebbe avvicinato a condividere parole e musica.

Si respirava un'aria di libertà che per taluno poteva rappresentare una sorta di realizzazione del socialismo in terra.

Il Circolo era un punto di attrazione.

Se non si sapeva cosa fare, si andava lì per passare qualche ora, si potevano incontrare delle ragazze e finire magari la serata a casa di un amico per continuare a parlare ascoltando, su qualche scassato giradischi, i Jefferson Airplane e Grace Slick o i Velvet Underground, sfumacchiando della roba che nel frattempo qualcuno della compagnia avrebbe offerto a tutti con aria cospiratrice.

Per quanto riguardava me, di solito, poco prima di giungere a quello stato di semi-sballo, sopraffatto dal sonno e talvolta dalla noia, me ne tornavo a casa a dormire.

A essere sincero, quel posto mi dava sui nervi, il più delle volte: d'altra parte, era assai economico e molti miei amici ci andavano.

Agli occhi degli studenti universitari della piccola o grande borghesia, rappresentava una conferma della propria scelta di campo, senza dubbio alcuno antigovernativa, ma soprattutto contro la democrazia cristiana che, da sempre, del governo faceva parte.

Si parlava anche di lotta armata e clandestinità e certo non sarebbe stato difficile per qualche amico, effettivamente motivato, cercare di entrare nel giro, magari incontrare qualcuno vicino alle BR, le quali non è che godessero di particolari simpatie, ma nemmeno di conclamate ostilità.

Le parole d'ordine nei confronti dei brigatisti erano *"Né con lo Stato, né con le Brigate Rosse"* oppure, dopo il delitto Moro, *"Compagni che sbagliano"*, senza che quell'errore fosse mai seriamente analizzato e discusso.

Da quel Circolo ci passavano anche molti cattolici dei vari gruppi giovanili, benché fra i tanti canti con alto tasso alcolico ci stessero le parodie di svariati canti liturgici: *Ave ave c'avemo fame, ave ave c'avemo sete* intonavano, dissacranti, i più anticlericali.

Quel genere di *humor* mi innervosiva, ma solo perché sulle bandiere rosse, al contrario, non era lecito scherzare. L'ironia e il sarcasmo non si distribuivano in misura paritaria.

A questo proposito, nel marzo 1976 scrissi un articolo sul giornale diocesano che, nel suo piccolo, venne citato durante la messa della domenica dal parroco in una importante chiesa del centro città.

Anche un illustre teologo mi fece avere i suoi complimenti.

In quel Circolo andavo con Viola, con Gianni e tanti altri.

A uno dei tanti una volta domandai: «Ma se tu sapessi che un amico stesse per compiere un attentato, lo denunceresti alla polizia?»

Lui rimase a guardarmi, un po' sorpreso, ci pensò un po' prima di rispondere.

«Se fosse qualcuno improvvisato, gli consiglierei di pensarci bene: se fosse seriamente convinto, probabilmente lo lascerei fare.»

In quel mentre era arrivata Laura a toglierci dall'imbarazzo con i suoi modi ridanciani e la conversazione impegnata ebbe fine.

«Ehi, ciao, che fate tutti così seri?»

Nel vedermi mi abbracciò e baciandomi mi infilò in bocca la punta della lingua come fosse la cosa più naturale del mondo.

Aprile 1976

Una tournée in giro per l'Italia

Viola stava lanciandosi alla grande e le capitò di partecipare a una tournée in giro per l'Italia.

Era entrata a far parte di una compagnia teatrale e di danza che univa la recitazione al ballo coreografico, stile musical, di una delle più famose opere che venivano spesso rappresentate nei teatri di tutta Italia.

Dovette assentarsi tre settimane e così mi venne l'idea di inviarle un pensiero. Mi scrisse dalla Calabria dopo qualche giorno.

Lettera di Viola, 15 aprile 1976

Carissimo amore, ho un minutino libero (sono le tre e mezza del pomeriggio e ho appena finito di pranzare: un piccolo panino, un caffè e due dolcetti) alle sette si ritornerà in teatro per la prova generale in costume e stanotte chissà quando si tornerà in albergo, per cui scusa se la lettera sarà un miscuglio sconclusionato, frammentario e caotico, ma sono veramente stravolta. Dicevo dunque che sono appena tornata in camera e ho qui, sopra il letto, le tue rose rosse. Matto! Sei impazzito e vaneggi, per caso? Scherzi a parte, mi sono quasi commossa e sono rimasta un quarto d'ora immobile come uno stoccafisso, con le altre che ridevano (ma sotto sotto era tutta invidia). Mi ha fatto un piacere grandissimo. Oh beh, insomma, ho quasi paura di toccarle perché ho timore si possano sciupare, mentre voglio che durino il più a lungo possibile. Grazie, caro! Come te la passi, tesoro? Qua puoi immaginare, se non si prova sono le ore di lezione a sfiancarti, si mangia alle ore più impensate, si sta in teatro parecchio tempo anche a non fare nulla ma sempre comunque a disposizione del coreografo (...) Quando torno mi vieni a prendere all'aeroporto? Un bacione grosso, grosso, grosso! Viola.

Giugno 1976

Non vedevo l'ora di ritornare a casa

Giunse l'estate. Io e Viola decidemmo di festeggiare il nostro anniversario veneziano con una *rentrée* alla città dei dogi. Era già passato un anno, e questa volta avremmo avuto più giorni a disposizione, ma la cosa quella volta non andò secondo le aspettative.

L'anno precedente in realtà non avevo avuto nemmeno il tempo di crearmele, delle aspettative: mi ero trovato catapultato in uno stato di estasi profonda entro la quale avevo cercato di raccapezzarmi alla meglio.

Stavolta era diverso, ero alla ricerca di una conferma, la certezza che la relazione con Viola avesse delle fondamenta solide.

Sul solito treno, le cose procedevano tranquillamente, entrambi rilassati per quanto non prodighi di parole, stavamo osservando il paesaggio. Viola improvvisamente si scosse.

«Oh, deve essermi entrato qualcosa in un occhio.»

«Fai un po' vedere.»

«Non so, mi fa male, tantissimo.»

Si teneva la testa fra le mani. Eravamo circa a metà

strada ed eravamo seduti uno di fronte all'altra; c'erano molti posti vuoti nello scompartimento e andai a mettermi accanto a lei.

«Riesci ad aprire l'occhio e farmi guardare meglio?»

Con grande sforzo ci riuscì, il dolore si fece acuto, ma nell'occhio non si vedeva nulla.

Il viaggio proseguì nel più assoluto silenzio.

Io cercavo di intavolare qualche discorso, ma lei non rispondeva.

All'arrivo, non sapendo cos'altro fare, decidemmo di recarci comunque all'ostello della Giudecca dove avevamo prenotato. Pensavo che un po' di riposo le avrebbe giovato.

Era un giorno feriale di una normale giornata estiva, turisti e vita locale si mischiavano allegramente, forse anche questa rilassata normalità avrebbe aiutato Viola a riprendersi.

Sbrigammo il check-in e scaricammo i nostri bagagli. Il brutto dell'ostello era che la chiusura avveniva alle dieci di sera, sicché la serata in centro era compromessa, si doveva assolutamente far ritorno con l'ultimo vaporetto.

Date le condizioni di Viola, riuscimmo a fare quattro passi solo attorno alla Giudecca che di per sé non era il massimo della vita in quanto ad attrazioni turistiche, però da lì si godeva una vista stupenda della città; l'imbrunire e i colori del crepuscolo si mischiavano alle prime luci dell'illuminazione notturna.

Il mattino dopo il dolore continuava, molto forte. Prendemmo un vaporetto per l'ospedale.

Viola riuscì a farsi visitare quasi subito: venne fuori che il dolore era stato causato da una puntura di insetto penetrato fra palpebra e cornea, le vennero prescritti un antibiotico e un antidolorifico locale, più un bendaggio provvisorio.

Fatto sta che nel volgere della mattinata le sue condizioni migliorarono e sui nostri visi tornò l'ombra di un sorriso.

Decidemmo che l'ostello non ci piaceva più.

«Ti va se ci cerchiamo un albergo in città? Dell'ostello mi sono rotto.»

«Se vuoi.» Non sembrava molto convinta, ma non contrariata.

«Però riportami all'ostello così sei più libero di cercare qualcosa nel pomeriggio.»

Era un venerdì e la città si stava riempiendo di turisti per il week-end, non era facile trovare un hotel adeguato al nostro budget non elevatissimo, alla fine scovai una pensione alle Zattere.

Era una stanza a due letti, che tenemmo separati, Viola non stava ancora bene, un mal di testa non le dava tregua. Quella vacanza era proprio nata male.

Così trascorsero le due restanti giornate, con qualche visita a musei, chiese e cene frugali dove capitava.

Alla fine, non vedevo l'ora di ritornare a casa, stranamente i nostri discorsi così ricchi di sensazioni da condividere, impressioni e osservazioni artistiche, i nostri abbracci, gli sguardi di intesa erano scomparsi, come cancellati, difficile addirittura pensare che fossero mai esistiti.

Il viaggio di ritorno fu più tranquillo, la tensione stava scomparendo. All'arrivo, l'accompagnai a casa.

«Come ti senti?»

«Un po' meglio, grazie, ci sentiamo quando mi sarò ripresa del tutto, scusami tanto, tesoro.»

Settembre 1976

Non potei fare altro che ordinare una birra gigante

«Puoi venire un attimo?»

Il direttore del giornale mi voleva parlare.

«Ieri sera abbiamo pensato a te in consiglio di redazione, ti piacerebbe occuparti delle pagine sui quartieri?»

Wow, avevo sentito bene? Il direttore mi stava offrendo un vero e proprio lavoro; nella mia città si stavano formando i consigli di quartiere e questo era uno di quei temi caldi di cui erano piene le cronache bianche da qualche tempo. Era un filone da seguire in modo costante.

«Certo, mi interessa, grazie per aver pensato a me.»

«Economicamente ne possiamo parlare poi, mi serviva sapere se fossi disponibile.»

Ah, se questa proposta fosse arrivata due giorni prima, pensai.

«Però» aggiunsi subito, «devo dirti che c'è un piccolo problema anche se non credo insormontabile»

«Ossia?»

«Ho accettato uno stage a Milano, una grande ditta, mi tengono sei mesi tutti i giorni o quasi. Comunque, se si tratta di una pagina settimanale ho fine settimana liberi e poi qualche mezza giornata potrei prendermela.»

«Beh, questo cambia un po' le cose. Pensavamo di darti un compenso che coprisse anche il lavoro di redazione, ci serve una persona che possa all'occasione essere sul pezzo, partecipare alle conferenze stampa, lo sai com'è il lavoro, potresti anche lavorare da casa, ma all'occorrenza devi muoverti, insomma, da Milano la vedo dura».

Vidi sfumare un bel sogno nel momento stesso in cui si stava realizzando.

«Penso che ne dovremmo ridiscutere» concluse il direttore, con fare deluso.

Il lavoro al giornale mi piaceva, ma fino a quel momento con scarse prospettive se non a lungo temine, lo stage era sicuramente più formativo professionalmente e poi avevo appena firmato.

Il padre di Viola mi accompagnò il primo giorno, a Milano, viaggiando sull'auto aziendale. Mi fece scendere proprio di fronte al palazzo dove avrei passato i miei sei mesi di stage.

Il giorno seguente e quelli a venire, avrei raggiunto l'ufficio che mi era stato assegnato con il solito treno degli studenti, con indosso un abbigliamento meno casual del solito.

«Caspita, come sei elegante, andrai mica a un funerale?» mi apostrofò Elisa, sul treno, la mattina dopo.

La incontravo spesso e il tragitto, assieme a lei e alle sue chiacchiere, era un divertimento.

«Ma no, faccio uno stage per la tesi. Sai quella ditta di cui ti parlavo la settimana scorsa?»

«Cazzo, che culo!» esclamò di getto benché questa mia saltuaria compagna di viaggio non fosse propriamente una ragazza volgare come potrebbe sembrare a prima vista.

Così, iniziai la mia nuova routine: un po' spaesato all'inizio e molto impressionato alla vista di quegli stormi di pinguini, come chiamavo nel mio immaginario quei giovani manager che impugnavano saldamente la loro valigetta 24ore quasi fosse un'arma.

Tutti vestivano in giacca e cravatta, completo blu, grigio chiaro o grigio scuro, alternative diverse non ce n'erano.

Ogni mattina invadevano l'immensa hall dell'azienda per raggiungere a passo sostenuto gli ascensori che li avrebbero distribuiti lungo i dieci piani sovrastanti.

La mia scrivania si trovava al quarto piano, in un grande ufficio che condividevo con colleghi molto più anziani di me, ma ero molto libero.

Mi potevo spostare per tutta l'azienda, anche nelle filiali esterne. Il mio lavoro consisteva nell'individuare e comparare i costi necessari per creare nuovi posti di lavoro nei diversi settori industriali.

Un'incombenza stimolante che mi dava l'opportunità di conoscere manager, studiosi, giornalisti, economisti.

Sfruttavo il lasciapassare che mi offriva la grande azienda: la dicitura *"Ufficio ricerche"* apriva infatti molte porte, molte di più di quelle che avrebbe aperto l'università, per non parlare del mio piccolo giornale di provincia.

Talvolta mi facevo vedere in facoltà per consultare i calendari degli esami.

La facoltà, rispetto all'azienda, era un altro pianeta. Le lotte studentesche ormai si burocratizzavano, comparivano i soliti *tazebao*[2] con i loro proclami scritti a pennarello e il loro incedere prolisso e scontato, dalle righe tanto fitte

---

[2] Termine cinese, di derivazione maoista, in quegli anni entrato nel linguaggio comune per identificare manifesti scritti a mano a contenuto politico

quasi da sovrapporsi le une alle altre.

Si annunciavano giornate non più di sciopero ma di agitazione permanente, si prendevano le distanze dalle ultime azioni terroristiche senza però dissociarsene completamente. Insomma, in facoltà la rivoluzione continuava come sempre, tutto sommato senza creare grossi problemi.

Avevo cominciato lo stage all'inizio del terzo anno e dovevo ancora sostenere quasi la metà degli esami, tutti di materie economiche; il mio problema era che non riuscivo a seguire le lezioni e mi dovevo preparare gli esami negli scarsi ritagli di tempo che lo stage mi lasciava.

Ragion per cui, non ottenevo il massimo delle votazioni il che, per uno studente di scienze politiche che non fosse proprio un imboscato, doveva essere il minimo da perseguire.

Comunque, il numero di esami ancora da sostenere si assottigliava, non così la mia tesi che ogni settimana presentava sempre nuovi problemi. Il tema era troppo vasto, bisognava circoscriverlo.

Erano già trascorsi i primi sei mesi, ma non ero ancora giunto a una conclusione, in compenso avevo raccolto una montagna di fotocopie e statistiche che non avrei mai trovato il tempo di studiare.

Tuttavia, alcuni semilavorati erano stati valutati positivamente. Ero anche venuto a sapere che l'azienda, fatto più unico che raro per studenti provenienti da facoltà non scientifiche, mi avrebbe rinnovato il contratto per altri sei mesi.

Di questo avrebbero beneficiato soprattutto le mie finanze; dopo tutto, l'esperienza milanese stava migliorando la mia capacità di spesa.

L'unico grosso problema era che il mio lavoro mi impediva di vedere Viola con regolarità e la cosa cominciava a pesarmi. Un giorno accadde un fatto inaspettato.

«Si può sapere dove sei stato?» mi chiese, preoccupato, un collega.

Quella mattina mi ero sentito particolarmente depresso, non riuscivo a concludere nulla e in più ero preoccupato per Viola che non vedevo da più di due settimane.

«Ti abbiamo cercato dappertutto» mi rimbrottò.

«Eh... sono uscito a prendere un caffè.»

In realtà ero andato in esplorazione in giro per l'azienda senza uno scopo preciso.

«Beh, è passata di qui una ragazza che ti cercava, ma non ti ha trovato, ora se ne è andata.»

Viola!

Merda, non avrebbe potuto avvertire prima? Mascherai la sorpresa e, con una scusa, uscii di nuovo dall'ufficio.

Accelerai il passo più che potei per non dare troppo nell'occhio e chiamai l'ascensore per raggiungere il pian terreno.

Mi fiondai in strada con la speranza di vederla, ma lei non c'era. Entrai nel bar all'angolo pensando che forse si era concessa un caffè, ma il locale era deserto.

Amareggiato e incazzato nero con me stesso, non potei fare altro che ordinare una birra gigante.

V

Ottobre 1976

La riconobbi a prima vista

La sua fama l'aveva preceduta. Desideravo conoscerla, ne avevo sentito parlare dopo quella volta in cui Viola mi aveva accennato al suo ex.

In città era mitica, animata da una vena di pazzia, si diceva avesse tentato il suicidio e questo le conferiva un'aura di elevata considerazione.

Un giorno, senza aver nemmeno mai avuto l'occasione di vederla in viso, la riconobbi a prima vista al bar dell'università.

Mi bastò ascoltare le poche battute che si stava scambiando con una comune amica per essere rapito dalla sua personalità.

La mia conoscente, vedendomi, mi salutò, perché nel frattempo mi ero avvicinato un poco, e me la presentò.

«Ciao, mi chiamo Alice.»

Dunque, non mi ero sbagliato. Alice.

Mi porse la mano distrattamente mentre continuava a

parlare senza sosta. Si muoveva, agitava le mani e guardava attorno a sé spostando di continuo lo sguardo da una parte e dall'altra, teneva una sigaretta accesa fra le dita e ogni tanto l'aspirava con gusto.

Finito di parlare, ci salutammo e ciascuno andò per la sua strada.

Non dovevo averla affatto impressionata, pensai: era normale, mi capitava sempre così con le ragazze che mi interessavano, però mi era già piaciuta anche se non avevo avuto modo di intervenire durante la discussione a cui avevo appena assistito.

Mangiai qualcosa alla mensa, doveva essere attorno a mezzogiorno.

Pensai che ci sarebbero state poche possibilità di incontrarla di nuovo a meno che mi industriassi a presidiare il bar dell'università. Complicato.

Alice, oltretutto, era iscritta a lettere classiche, nulla di più incompatibile con il mio indirizzo di studi.

Un giorno, invece, non ricordo come, ci incontrammo ancora. Forse fu sul solito treno pendolari, io potrei averla riconosciuta per primo e potrei essermi seduto di fronte rinfrescandole la memoria.

Lei si sarebbe ricordata inquadrandomi come amico della sua amica e allora avremmo cominciato a parlare. È molto probabile che le cose siano andate così.

Tuttavia, non ricordo colloqui importanti fatti assieme a lei sul treno. Non ricordo nessun tipo di gradualità nella nostra conoscenza come, al contrario, era successo con Viola.

A volte capita, si incontra una persona e non ci si rende conto di quando sia scattato quel particolare momento in cui si percepisce che sta avvenendo una specie di reazione chimica: quella cosa che col tempo annulla la memoria e che illude di avere sempre conosciuto quella persona, anche se ci rendiamo conto che così non è.

C'era qualcosa che ci accomunava, e non era solo il fatto che Viola e Alice si conoscessero, era qualcosa di più intrigante: c'era il fatto che Viola era stata anche la ragazza dell'attuale ragazzo di Alice.

C'era poi il fatto che, sia io che Alice, stavamo attraversando un periodo di crisi con i nostri rispettivi partner, ma dubito che di questo incominciammo subito a parlare, non ricordo proprio.

È anche possibile che ci rivedemmo per caso ancora in università, sì.

Anche questa è un'eventualità, un caso, come quel giorno in cui la incontrai effettivamente al solito bar in Statale.

Lei teneva tra le mani un libro sulle migrazioni dei popoli preistorici mentre io stavo preparando l'esame di storia delle dottrine politiche.

Fu lì che cominciammo a conoscerci meglio.

Ci scambiammo i numeri di telefono con l'idea di ritrovarci per studiare assieme. Eravamo interessati ai nostri rispettivi studi tanto differenti, o forse ci intrigava il gusto delle contaminazioni.

La curiosità era una caratteristica che ci accomunava.

Maggio 1977

Lei mi porse le labbra per un ultimo bacio affrettato e corse via

Nell'estate del 1977 maturarono l'irreversibile distacco e la rottura.

«Ti devo parlare» mi disse Viola un giorno, al telefono.

Mi comunicò, con una facilità assurda, che si sarebbe trasferita con tutta la famiglia a Milano.

«E noi?» le chiesi, preoccupato.

«Possiamo continuare a vederci, tu sei comunque tutti i giorni a Milano e ci vedremo nei week-end anche da te, potrei viaggiare il sabato o la domenica» rispose cercando di rassicurarmi.

La metteva giù facile, ma io non ero altrettanto ottimista. La nuova situazione non mi stava piacendo affatto.

In pochi giorni lei e la sua famiglia si trasferirono nella metropoli lombarda e la sua vecchia casa rimase vuota e con le finestre chiuse.

Talvolta ci passavo davanti, a quell'abitazione, quando volevo illudermi che stessi andando a trovare Viola, come facevo un tempo, ma restavo lì a guardare il cancello sbarrato; facevo poi il giro dell'isolato e mi infilavo in una stradina a fondo cieco da dove potevo arrivare alla recinzione sul retro e osservare la finestra della sua camera, ma non serviva a nulla. Viola non si sarebbe affacciata mai più da lì: per forza, ora stava in un'altra casa in un'altra città.

Era una domenica sera e non l'avrei rivista che il week-end successivo, sarebbe venuta lei da me.

Mi telefonò il venerdì e andai a prenderla in stazione. Quel giorno c'era una festa di amici a cui ci aggregammo, passammo il pomeriggio e la serata.

La settimana successiva ci vedemmo nella sua nuova casa di Milano in pieno centro, ma entrambi eravamo molto stanchi, lei per via della scuola di danza che la consumava fisicamente e mentalmente, io a causa della giornata di lavoro.

Viola sembrava intrattabile, cenammo assieme in casa, con poco entusiasmo da parte di entrambi, come se avessimo iniziato a darci sui nervi a vicenda.

Il venerdì successivo non chiamò, la chiamai io il giorno dopo.

«Ciao, tesoro, come stai? Ci vediamo domani?»

«Scusa, non posso, abbiamo delle prove per lo spettacolo, questa settimana non riesco a venire.»

La voce era sinceramente dispiaciuta.

«Vuoi che ci vediamo a Milano la settimana prossima?»

«Non so, ti farò sapere.»

Le giornate senza Viola trascorrevano lente: durante la settimana avevo il mio da fare a Milano, ormai la tesi procedeva velocemente, benché molti punti fossero ancora da chiarire.

Nel week-end non sapevo cosa fare, mi ero troppo

abituato a lei, non riuscivo a pensare ad altro.

Poi un fine settimana Viola non chiamò, provai a cercarla, il telefono suonava a vuoto, desistetti dopo un paio di tentativi. Il pensiero che fosse in casa ma non volesse parlarmi mi angosciava.

Ci sentimmo qualche giorno dopo.

«Ci vediamo domenica, ma ho i tempi stretti» mi annunciò frettolosamente.

Anche quella domenica andammo da amici, una decina di persone che festeggiavano l'inaugurazione della casa di una giovane coppia da poco sposata.

Seduti sui cuscini messi per terra, in soggiorno, rimasi un po' in disparte.

Viola sembrava sempre la stessa, comportandosi normalmente, come suo solito: rideva e scherzava con tutti, i suoi occhi raramente incrociavano i miei.

A un certo punto, fu normale che mi domandassi che diamine ci facessi lì.

Si fece tardi e Viola mi chiese di accompagnarla immediatamente in stazione, arrivammo quasi assieme al sopraggiungere del treno. Parcheggiai accanto all'ingresso, udimmo l'altoparlante che ne annunciava l'arrivo, lei mi porse le labbra per un ultimo bacio affrettato e corse via.

Quella fu l'ultima volta che le mie labbra incontrarono le sue.

Le domeniche successive passarono senza contatti, ormai ero caduto in una orgogliosa depressione.

Ma perché non le telefoni tu? O non vai a casa sua un giorno? Prenditi una giornata, chiaritevi! Parlava così, il mio buon senso, a cui ostinatamente non davo ascolto.

Non lo facevo, volevo metterla alla prova: *se lei non*

*chiama è perché non ne sente il bisogno, ma come può
non sentirne il bisogno?*

Mi rifugiai nella musica: Brahms, Schumann, Beethoven
erano i compositori che ascoltavo maggiormente e poi
nella lettura. Mi capitò tra le mani *Albertine scomparsa*
che descriveva, già nelle primissime pagine e nei minimi
particolari, lo stato d'animo nel quale mi trovavo.

Al diavolo anche Proust!

Stavo male. Lei non mi amava più? Avevo voglia di
piangere, ma non c'era nessun luogo in casa dove poterlo
fare indisturbato.

Una domenica uscii con la Cinquecento, mi misi a girare
per la città tutto il pomeriggio sfogando un interminabile
pianto rabbioso.

Non volevo vedere più nessuno, la mia vita sociale si
stava annientando.

Iniziai a maledire Viola, il giorno in cui l'avevo
incontrata, la mia intera esistenza.

Inizio giugno 1977

Passeggiavamo per la città deserta, di notte, e parlavamo

A poco a poco presi l'abitudine di andare a studiare a casa di Alice nei pomeriggi liberi che lo stage mi concedeva.

Quando stavo con lei non pensavo costantemente a Viola, nonostante continuassi a esserne innamorato: fra me e Alice era nata una rassicurante complicità e questo contribuiva non poco a migliorare il mio stato d'animo.

Durante quei pomeriggi, studiavamo ognuno la propria materia e questo ci obbligava a mantenere la concentrazione.

Quando ci concedevamo una pausa, iniziavamo a parlare dei nostri problemi sentimentali coi reciproci partner.

Alice aveva l'abitudine di sedersi con le gambe accavallate e la testa leggermente reclinata, in modo che i capelli, della lunghezza sufficiente, le spiovessero sul volto, nascondendolo un po'.

Quello era il segnale per poter cominciare a parlare, per raccontarci le nostre vicissitudini e i nostri tormenti, cercando di consolarci a vicenda.

«Ti prego, aiutami, non ce la faccio più!» mi disse un giorno sbottando e battendo una mano sul tavolo per richiamare ancor più la mia attenzione. «So che dovrei lasciarlo, ma non ci riesco, sto troppo male al pensiero!»

«Diglielo chiaramente» le suggerii. «Oppure non incontrarlo più.»

«Impossibile, lui non mi ascolta, faccio di tutto, ma non mi prende sul serio. Dice che sono solo capricci miei, che mi passerà, ma io so che non è così!»

«Se senti di non amarlo più, devi dirglielo. Perché tirare avanti una storia che sai già non funziona?»

Ero bravo con i problemi degli altri. Con i miei, decisamente meno.

«Io invece non riesco a spiegarmi perché Viola continui a non telefonarmi» le dissi prendendomi la testa tra le mani.

«Perché non la chiami tu?» mi domandò lei, mettendola giù semplice.

«L'ho fatto, una volta o due.»

«E poi? Hai smesso? Continua, no?»

«No. Se Viola non chiama vuol dire che non le interesso più di tanto.»

Ripensando a quelle conversazioni, e alla difficoltà dell'epoca di telefonarsi, una considerazione mi sorge spontanea: pensate come sarebbe stato se i telefoni cellulari fossero stati inventati vent'anni prima.

Io e Viola ci saremmo certamente scambiati messaggi in continuazione e ci saremmo sentiti tutti i giorni, e ci saremmo forse organizzati in funzione delle nostre rispettive esigenze con tanti saluti al mio orgoglio?

Oppure, uno dei due avrebbe ricevuto un ultimo SMS con su scritto *ciao-ti-lascio-è-stato-bello*, con tanto di emoticon triste.

«E io cosa dovrei dire?» riprese Alice, intristendosi.

«Magari neanche io interesso più a lui, ma è convinto del contrario.»

«Non so, prenditi tempo, prima o poi riuscirai a lasciarlo, se è quello che vuoi, oppure arriverà lui alla tua stessa conclusione, no?»

«Sono sicura che non lo farebbe mai, e se lo mollassi io mi cercherebbe e ci ricascherei. Non è così semplice come credi.»

«Ma lui ti piace o no?» le chiesi, tentando di darle il consiglio giusto, o forse solo quello che avrebbe voluto sentirsi dare.

«Non so, sento che non è la persona adatta per me, non mi capisce, forse non ha intenzione di capirmi, che dici, ti va un gelato?»

«Dai, usciamo.»

In pratica, i nostri problemi sentimentali si annullavano a vicenda: da una parte un lui assolutista che non ammetteva di non poter disporre della propria lei a suo piacimento; dall'altro una lei assente e dimentica del suo lui.

Io e Alice, di solito, uscivamo di casa e percorrevamo la via fino a raggiungere un bar, proprio dietro l'angolo, che produceva un gelato al cioccolato buonissimo.

Era gestito da una coppia, marito e moglie, non più tanto giovani. Il marito aveva un viso inespressivo e non parlava quasi mai, la moglie aveva l'aria di una mamma attenta a che i ragazzi non eccedessero nelle gozzoviglie, tuttavia ci portava sempre quello che ordinavamo.

Quando era la giornata di chiusura, l'ingresso del bar era sbarrato dall'interno con assi di legno, come pure la vetrina, allora passavamo dal cortile interno a fianco ed entravamo dalla porta di servizio sempre aperta, come se non gli interessasse, ai proprietari, di chi entrava e usciva liberamente e noi ne approfittavamo. Dentro era come al solito, le luci sempre accese, non filtravano minimamente verso l'esterno, doveva essere un sistema che risaliva addirittura ai tempi della guerra quando la città era sotto oscuramento.

Alice era capace di farsi anche quattro coppe di gelato di seguito, poi andava in bagno e riprendeva a mangiare. Erano anoressia e bulimia associate.

Sulle prime non me ne accorsi, facendoci poco caso, ma poi iniziai a star male io per lei, quindi cercavo qualsiasi pretesto per farla smettere oppure inventavo una scusa per uscire a fare quattro passi. Funzionava, di solito.

Passeggiavamo per la città deserta di notte e parlavamo, o meglio lei parlava e io ascoltavo, spettegolando sul mondo. Arrivata la mezzanotte ci salutavamo, tornando ognuno nelle rispettive case.

A poco a poco nacque un'intimità forte, diversa da qualsiasi forma di innamoramento, ma altrettanto resistente.

Mentre scorrevano i mesi, ci furono fasi di frequentazione intensa alternati a periodi in cui i nostri incontri si diradavano, mentre le rispettive situazioni sentimentali non accennavano a modificarsi.

Beh, la mia situazione in realtà subì un'evoluzione, in quanto il tempo passò, inesorabile, e i contatti con Viola non ripresero sicché, a un certo punto, decisi che quella mia relazione si era non solo interrotta, ma conclusa definitivamente.

Mi attaccai sempre più ad Alice seppure in modo controllato: era ancora troppo presto per pensare a una nuova relazione importante. Alice mi andava bene così.

Aveva una vena letteraria inestinguibile, era solita consegnarmi lunghissime lettere scritte a mano, con quella sua calligrafia che sembrava greco e all'inizio facevo fatica a interpretare, ma alla quale con l'andar del tempo mi abituai.

Alice era imprevedibile e alternava momenti di tristezza infinita ad altri gioiosi che accompagnava spesso con punte di bizzarria che mi facevano letteralmente impazzire.

Doveva avermi visto, un giorno, mangiare una caramella e aver deciso che fossi troppo buffo in quel frangente, volle quindi farmi una sorpresa: venne a farmi visita e ci ritrovammo come al solito in camera mia.

Aveva una borsa in mano e si sedette sul letto mentre io ero seduto all'indiana appoggiato allo schienale.

Estrasse fulminea, dalla borsa, un grosso sacchetto, lo alzò tenendolo con le mani in alto e me lo rovesciò addosso.

Una scia colorata fuoriuscì per qualche secondo distribuendosi in caduta libera fra noi due e andando a sparpagliarsi sul pavimento e sul materasso.

Erano caramelle di ogni tipo: al limone, al miele, alla liquirizia, al gusto mou. Alice scoppiò a ridere e io con lei.

«Su, dai, mangiamone qualcuna» mi disse.

In quell'istante pensai di baciarla

Erano le prime giornate calde d'estate e all'università il clima era già vacanziero, anche se ancora molti studenti animavano l'ateneo a caccia degli ultimi appelli prima della pausa estiva.

Talvolta, nel pomeriggio, io e Veronica non sapevamo cosa fare e, poiché scienze politiche era deserta nelle prime ore pomeridiane, decidevamo di trasferirci da via Conservatorio alla sede centrale.

Un pomeriggio, saranno state le tre, eravamo appunto in sede e uscimmo dal solito bar interno, ma era ancora molto presto.

«Toh, guarda» mi disse, «c'è gente sul prato.»

Nei pressi del bar c'era infatti un'area non tanto grande, una specie di cortile a cielo aperto con un bel tappeto verde all'inglese, l'ideale per sdraiarvisi.

Gli studenti la usavano come zona relax per prendere il sole, parlare o leggere all'aperto o per brevi ripassi in attesa di un esame.

Scendemmo le scale che dal corridoio davano sull'area

verde e ci mettemmo lì, seduti sull'erba, uno di fronte all'altra.

«Beh, e adesso che si fa?» le domandai, per fare conversazione.

«Io prendo il sole» mi rispose tutta felice, chiudendo gli occhi e rilassandosi, mentre si distendeva sul prato.

«Mica siamo a Rimini» le dissi sorridendo e imitandola, però.

«E adesso?» chiesi.

Senza rispondermi, incominciò a farmi il solletico passandomi un filo d'erba sul naso.

Le presi la mano, lei iniziò a scalciare e a farmi ancora più solletico infilandomi le dita fra una costola e l'altra; stetti al gioco e cercai di immobilizzarla, mentre continuava a dimenarsi e a ridere.

«Fai piano, dai, che stiamo dando spettacolo» le dissi a bassa voce.

A Veronica piaceva la situazione, evidentemente, perché continuò a ridere e a dimenarsi; allora iniziai a farle il solletico pure io, lei sghignazzava sempre di più, quindi l'afferrai per le spalle e mi misi con tutto il mio peso sopra di lei. Sembrava un incontro di wrestling.

A quel punto le nostre labbra si ritrovarono a una distanza minima e improvvisamente lei si quietò, mentre io continuai a trattenerla stando sempre sopra di lei.

Avvicinai ancora di più le mie labbra alle sue finché non furono terribilmente vicine, quasi a contatto, e rimasi immobile.

In quell'istante pensai di baciarla. Mentre ci guardavamo in attesa che qualcosa accadesse, fu un attimo: i nostri occhi persero il contatto visivo e in quell'attimo pensai ad Alice.

Lasciai andare Veronica e ci rimettemmo a sedere

sull'erba. Dopo un po', lei si alzò.

«Andiamo» mi disse trascinandomi via.

Percorremmo l'università attraversandola tutta e uscendo dal lato delle segreterie, le presi la mano e attraversammo via Sforza. La città ci inghiottì.

Quel pomeriggio le dissi arrivederci con un'ombra di rimpianto perché le nostre mani, intrecciatesi quella prima volta, si staccarono senza ritrovarsi mai più.

Inizio luglio 1977

Voleva ascoltare Mozart, il Requiem K626

Quando si trovava in qualche guaio o era particolarmente combattuta di fronte a una scelta importante, Alice ricorreva a una particolare forma di divinazione.

Era brava a interrogare l'*I Ching*, ovvero *Il Libro dei Mutamenti*, testo base del Taoismo, di origine millenaria.

Come noto, il testo svolge la funzione di oracolo il cui responso si esprime grazie a una combinazione casuale di numeri ricavati dal lancio di tre monete.

Alice usava le monetine da cinque lire e talvolta anche i dadi.

Capitava che lo facessimo insieme, ma in quelle occasioni non si impegnava molto, era solo per farmi vedere come funzionava.

Una sera, con tutta probabilità, si concentrò in misura ben maggiore perché, dopo che l'oracolo ebbe formulato il responso, mi telefonò, parlando con voce allarmata.

«Vieni da me, ho bisogno, mi devi aiutare» mi disse senza neanche salutarmi.

«Cosa succede?» le chiesi, preoccupandomi non poco.

«Esco di casa, vado via per sempre, vieni con la macchina che carichiamo i bagagli.»

«Alice, sei per caso impazzita? Stai scherzando?»

«Vuoi venire o no?»

Si mise a piangere e i suoi singhiozzi mi arrivarono chiari attraverso la cornetta, che strinsi un po' troppo forte, sbiancandomi le nocche.

«Subito, arrivo subito. Dieci minuti e sono da te.»

In pratica, aveva rotto con i suoi.

Più che rotto, alla fine, aveva deciso di portare a compimento una di quelle frasi fatte che si dicono così, tanto, per: *«Esco di casa, me ne vado»*. A quell'età lo dicevano in tanti. Alice lo stava facendo.

Suonai alla porta, lei uscì con uno zaino e una valigia piena di libri, i suoi amati libri.

Caricammo tutto in macchina.

«E adesso? Dove si va? A casa mia è un po' complicato» le dissi.

«Andiamo da Daniele, in laboratorio.»

Daniele era un comune amico, l'avevo conosciuto tramite la sua ragazza che me lo aveva presentato e saltuariamente io e Alice lo incontravamo.

Aveva un laboratorio di elettronica con un'attività già avviata, riparava elettrodomestici. Il laboratorio aveva una stanza arredata.

Alice aveva premeditato la sua fuga e gli aveva chiesto qualche giorno di ospitalità.

L'accompagnai. Lui era già lì, in poco tempo rendemmo più abitabile la stanza.

Era lunga e stretta, con un lavandino e i servizi igienici, poco spazio per il superfluo, assomigliava a una cella francescana.

«Starò benissimo» disse Alice. «Domani aiutami, devo tornare a casa a prendere altre cose.»

Annuii. L'avrei aiutata.

Alice, nella sua nuova dimora, si sistemò abbastanza bene: continuava a studiare, noi continuavamo a vederci, talvolta anche con Daniele, altre volte noi soli, ma non nella sua nuova *casa*.

Ci vedevamo più spesso da me e lei fece amicizia con mia mamma.

«Tua madre è pazzesca» diceva sempre, sorridendo senza dare spiegazioni.

Come passasse le ore, sola in quella stanza quando tutto taceva e calava il buio mi preoccupava, ma lei alla sua solitudine ci teneva. Riuscì a installarvi un giradischi.

«Mi presteresti il Requiem?»

Voleva ascoltare Mozart, il *Requiem K626*. Me lo aveva fatto conoscere proprio lei qualche tempo prima, lo ascoltava spesso nei suoi momenti di tristezza, di nostalgia struggente, quando forse pensava al suo ex, che nel frattempo era riuscita a lasciare definitivamente, quando sentiva di esserne ancora attratta, ma al tempo stesso desiderava sfuggirlo, cancellarlo dalla sua vita, anche nel ricordo.

Di quel Requiem avevo acquistato una stupenda incisione diretta da Karl Böhm.

Anch'io lo ascoltavo da solo in camera mia tutte le volte che mi assaliva il pensiero di Viola, quando prendeva forma senza preavviso nella mia mente.

Glielo portai, sia pure a malincuore perché quel suo giradischi di tipo antiquato rovinava i solchi, ma sapevo che Alice lo avrebbe tenuto come una reliquia. Così, mi rassegnai a non ascoltarlo per un po'.

Da lì a qualche mese Alice riuscì a trasferirsi in

un'abitazione molto più carina: un piccolo bilocale al primo piano di una vecchia casa.

Cominciai ad andare a trovarla in quella sua nuova dimora, ma non era più come prima quando si studiava nel suo vecchio appartamento: ora lei era più tranquilla, più serena e rilassata.

Dopo lo studio, si decideva comunque di uscire come d'abitudine: camminavamo, parlavamo, incontravamo amici, come sempre.

Trascorse qualche tempo e le sovvenne il problema di come sostenersi economicamente.

Alice dovette interrompere gli studi, ma nelle sue intenzioni non era una scelta definitiva. Doveva guadagnare dei soldi per mantenersi, quindi si cercò un lavoro.

Non essendo un tipo schizzinoso, accettò di fare la *baby sitter* per una famiglia molto facoltosa. Dovette trasferirsi fuori città in un paese a pochi chilometri, in campagna, e abbandonare il suo piccolo nido appena creato, ma era un lavoro che le permetteva di aprire un libro e studiare, all'occorrenza, anche se non in maniera assidua,

La accompagnavo in macchina il lunedì e la riprendevo il venerdì pomeriggio. Stava ingrassando vistosamente, ma non glielo dissi mai. Era stanca, ma contenta.

Un sabato mattina mi comunicò che avrebbe lasciato quella famiglia: l'impegno era tanto e le impediva di concentrarsi nello studio e non avrebbe voluto mollarlo del tutto. Avrebbe cercato altro.

La distanza che ci separava era ormai diventata irreversibile

Riuscii finalmente a parlare con Viola.

«Ti rendi conto che non ricordo l'ultima volta in cui ci siamo sentiti?» l'apostrofai cercando di non far trapelare il mio nervosismo.

«Scusa» mi rispose lei, con un filo di voce. Sembrava mortificata, dispiaciuta, quello sì. Ma niente più.

«Domani è venerdì, mi posso fermare a Milano dopo il lavoro. Se ti va, c'è un film in via Torino che mi interesserebbe vedere, ci andiamo?»

Ci pensò su un attimo.

«Magari... sì» mi rispose con poca convinzione.

Davano *L'Innocente*, tratto dal romanzo di Gabriele d'Annunzio.

La tragica storia dei due protagonisti era tutto un programma: un marito dal temperamento inquieto e sensuale che tradisce sistematicamente la moglie, dall'animo dolce e remissivo.

Non era certo una storia adatta a una coppia in crisi.

Viola, oltretutto, era con la testa altrove, assente, svagata. Non ci scambiammo una parola per tutto il film.

Sembrava proprio che la nostra storia, cominciata tre anni prima guardando il film della Cavani, dovesse terminare proprio davanti a un'altra proiezione cinematografica, proprio di quella tragedia dannunziana.

Allora non ci conoscevamo ancora e avevamo mille osservazioni che ci scambiavamo con entusiasmo. Quel giorno, invece, non avevamo più nulla da dirci. Fortuna almeno che c'erano gli attori che parlavano al posto nostro dallo schermo. Uscimmo.

«Devo passare alla Coin» mi disse.

L'accompagnai di malavoglia, sulle scale mobili si voltò verso di me, mi lanciò uno sguardo come di disprezzo, seccata dal mio modo di fare annoiato.

A casa sua cercammo di parlare, di chiarire quello che non andava fra noi.

«So che ti vedi con Alice.»

«Siamo amici» mi giustificai.

«A me non risulta, ho visto che ti sei staccato progressivamente, ci sono rimasta male.»

Ma come, stava rivoltando la frittata?

«No, scusa, Alice...»

Alice?

Avevo semplicemente sbagliato nome, ma ero imperdonabile!

«Alice, Viola... basta» sbottai. «Ho sempre in mente te! Amo te, mi spiace che sei venuta a vivere in questa città, allontanandoti. So che tu hai i tuoi impegni, siamo cambiati, vedi persone diverse, pensi e fai cose diverse, stiamo cambiando in modo diverso, tutti e due, ma...»

Mi interruppe. «Credi ancora a queste cose?»

Non mi sembrava di aver detto cose senza senso e pensai

che la distanza che ci separava era ormai diventata irreversibile.

La situazione era degenerata, e questo lo capivamo entrambi non tanto per le parole che ci stavamo scambiando, ma per il tono e gli sguardi che ci lanciavamo.

Nessuno tra noi era disponibile ad ammettere di aver sbagliato, stavamo scoprendo che il nostro stupido orgoglio era più forte dell'amore che ci aveva legati.

Viola andò in cucina a scaldare un toast. Passai la notte a casa sua, i genitori erano partiti per una vacanza.

Dormimmo, ovviamente, in stanze separate.

La mattina dopo, mentre preparava il caffè, trovai una matita e un foglio strappato sulla scrivania in camera, sarebbe stato meglio una biro, ma anche quella matita un po' spuntata sarebbe stata sufficiente per scriverle quello che avevo pensato durante la notte trascorsa insonne.

«Viola cara, è venuto il momento di ringraziarti per tutti i giorni felici passati assieme, ti auguro ogni bene, per tutti i giorni della tua vita. Sappi che ti ho amato con tutto me stesso, scusami per averti delusa. Addio.»

Facemmo colazione in silenzio, poi Viola vide il biglietto e con un sussurro disse: «Grazie».

Con questo ebbe fine una appassionata storia d'amore.

Luglio 1977 . 2 .

Il nostro quartetto aveva oltretutto interessi opposti

Gianni aveva una nuova ragazza, non stava più con Simona, ora frequentava una certa Lidia e lui sembrava più rilassato.

Lidia non era per così dire un tipo sexy, ma era una di quelle ragazze che solo a guardarle ti trasmettono delle certezze: pochi grilli per la testa, pane al pane e vino al vino.

«Allora, si va in Spagna?» propose Gianni per l'ennesima volta, cercando di organizzare.

Se ne parlava ormai da diversi giorni.

«Io ci sto» risposi.

«Ti porti Alice, giusto?»

Gianni attendeva una mia conferma, anche a lui Alice stava simpatica.

«Beh, sì, penso di sì, ancora lei non lo sa» dissi rimanendo sul vago.

«Allora chiediglielo, che aspetti?»

Gliene parlai qualche giorno dopo, ma sfortunatamente

Alice non ne volle proprio sapere di venire in Spagna.

«Ma come, solo una settimana, studierai dopo, dai!» cercai di convincerla.

«No, scusami davvero, non me la sento, sto rivedendo molte cose di me, non è solo lo studio.»

«Beh, perdi un'occasione, potrebbe rivelarsi un viaggetto niente male e lo sai.»

«Sì, lo so, mi spiace molto.»

Aveva quasi le lacrime agli occhi, ma quando faceva così era irremovibile; come spesso le succedeva, era combattuta e sceglieva sempre la soluzione che la faceva stare *peggio*.

Chi sarebbe venuto al posto di Alice? Alla fine, l'equipaggio si completò grazie al sopraggiungere di un'altra ragazza, Beatrice. Il suo fidanzato era impegnato altrove e praticamente ce la prestò.

Gianni e Lidia partirono in auto qualche giorno prima perché Bea aveva delle cose da portare a termine, sicché io e lei li avremmo raggiunti in treno a Barcellona passando da Genova.

Si presentò in stazione in short cortissimi e maglietta corta, molto aderente, uno schianto.

Facemmo tutto il viaggio discorrendo di esami universitari, ma nonostante l'aspetto provocante il feeling fra noi era assai scarso. Discorsi prevedibili, funzionali.

Raggiunti Gianni e Lidia, ci fermammo nella capitale catalana per qualche giorno.

Trovammo una signora affittacamere, dormimmo in quattro per terra nei nostri sacchi a pelo portati da casa. La mattina incrociammo un paio di scarafaggi che scorrazzavano tranquillamente per il pavimento sul quale avevamo dormito.

Il tour prevedeva Valencia, Toledo, Madrid, Segovia, San Sebastiano, Andorra.

Era la Spagna del dopo Franco. In una libreria di Barcellona Lluis Llac, cantautore catalano, cantava Campanades a Mort, canzone struggente sui condannati a morte antifranchisti:

Campanades a morts
Fan un crit per la guerra
Dels tres fills que han perdut
Les tres campanes negres

Barcellona, come tutta la Spagna, stava rinascendo. I giovani affollavano le strade della capitale.

Visitammo una radio libera presidiata da giovani armati con mitraglietta. A Valencia assistemmo a una corrida nella quale il toro riuscì a infilzare il torero. A Segovia dormimmo in un convento le cui celle erano poco più grandi delle brande che contenevano. A Huesca dormimmo in una specie di saloon da film western, caldissimo e inospitale.

Nel complesso, non mi divertii molto. Durante i lunghi trasferimenti in auto parlavo per lo più con Gianni dal posto posteriore che condividevo con la mia partner temporanea. Avevo deciso di tenere un taccuino su cui scrivere le mie impressioni che avrei poi trascritto e inviato ad Alice. Doveva essere un sistema per sentirla vicina.

Per il resto, mi piacque attraversare la campagna spagnola con quei lunghi tratti nei quali la strada seguiva l'andamento delle numerose colline.

Era un continuo su e giù, la via si distendeva a perdita d'occhio attraversando campi coltivati che presentavano una gamma di colori sorprendente.

Il nostro quartetto aveva, oltretutto, interessi opposti.

Io avrei desiderato soffermarmi sulle attrazioni

artistiche, Bea avrebbe desiderato andare al mare, Gianni e Lidia si accontentavano di passeggiare per le vie commerciali senza approfondire più di tanto le mete artistiche.

Riuscii però a godermi il museo di Picasso a Barcellona e il Prado a Madrid.

Vidi per la prima volta, dal vero, opere che avevo conosciuto solo sui libri. Fui estasiato di fronte al Giardino delle delizie di Hieronimus Bosch, non me lo sarei figurato tanto grande, alle opere di El Greco e davanti a Las Meninas di Velazquez.

Mi innamorai dei capricci del Goya che ritrovai riprodotti al bookshop del museo. Non mi lasciai sfuggire sei riproduzioni che conservo ancora oggi, incorniciate.

Purtroppo, non riuscimmo ad ammirare la famosa Guernica che ancora non era tornata in patria, ma che per tutti gli anni Settanta fu un simbolo per gli spagnoli e non solo, della resistenza ai regimi totalitari: dal nazionalsocialismo al franchismo. La tela sarebbe ritornata in Spagna soltanto nel 1981.

A Gianni interessava invece acquistare a buon prezzo alcune bottiglie dei più famosi brandy spagnoli. Ogni enoteca era buona per una sosta approfondita.

Alla fine, riuscì a mettere le mani a prezzi davvero vantaggiosi su un Carlos III Tercero che trovò finalmente sulla via del ritorno da Andorra.

Io acquistai una bottiglia di Fundador per mio padre. All'epoca non bevevo superalcolici.

Sul mio taccuino riuscii a scrivere solo i primi giorni.

Beatrice divenne presto insofferente nei miei confronti, anche se devo dire che, con il senno di poi, aveva ragione sul fatto di voler passare qualche ora in spiaggia.

Il problema era che aveva tendenze eccessivamente

aristocratiche per il resto del gruppo.

Una delle prime sere decidemmo di cenare con paella e sangria e lei avrebbe voluto cercare un ristorante nel centro di Barcellona. Ovviamente gli altri, me compreso, eravamo attratti dai quartieri più popolari, frequentati dalla gente comune.

Alla fine, lei era in minoranza e riuscimmo a gustare una vera prelibatezza a due passi dal porto in un locale frequentato da avventori dall'aspetto poco rassicurante, ma che ebbe il potere di catapultarci nella realtà spagnola.

Immagino che, quando quella vacanza terminò, fu un sollievo per me e anche per lei.

Agosto 1977

Sai, tu mi piaci, mi vorresti come tua ragazza?

Fra una scaramuccia e l'altra con Alice, passavano dei giorni in cui non ci vedevamo, ma la cosa non mi creava angoscia; la sua *cura* stava funzionando.

Le volevo bene, ma al tempo stesso potevo stare senza di lei, non mi importava come passasse le giornate.

Per ingannare il tempo, uscivo la sera e andavo a vedere qualche film in un locale di un rione di periferia, da quelle parti incontravo sempre qualche amico.

Di film ne vidi davvero tanti, in quel periodo, e alcuni anche parecchio strani come per esempio *La Montagna sacra* e *El Topo* entrambi di Jodorowsky, regista pazzo e surreale, che venivano proiettati però in un altro locale della città, frequentato solitamente da uomini di mezza età e militari in libera uscita.

Una sera in cui non avevo voglia di cinema, decisi di fare un giro con la Cinquecento per cercare qualcuno con cui scambiare quattro chiacchiere, ma non trovai nessuno.

Mi fermai in un bar sul corso principale, un posto di quelli che non frequentavo mai, avevo sete. Entrai e ordinai da bere. Una birra.

«Ciao» mi disse una ragazzina.

«E tu chi sei?» le chiesi. Di solito le ragazze non attaccavano bottone così sfacciatamente, perlomeno non con me.

«Io ti ho già visto in giro» mi disse.

«Io no» fu la mia lapidaria risposta.

«Mi chiamo Stella.»

«Piacere.»

«Mi faresti un grosso favore?»

Mi si avvicinò ancora di più, come per parlarmi sottovoce.

«Se posso» risposi titubante.

«Mi daresti uno strappo all'ospedale?»

«A quest'ora?»

Erano già le undici di sera.

«Me lo dai o no?»

Era proprio carina, indossava una canottiera chiara e attillata senza reggiseno, i capelli non troppo lunghi, scuri, le arrivavano appena alle spalle, una gonna le si interrompeva poco sopra il ginocchio. Doveva avere sui diciassette anni. Aveva le braccia segnate.

«Subito?»

«Finisci la birra.»

«Finito, vieni.»

Lasciammo il locale e salimmo in auto.

«Sai, tu mi piaci, mi vorresti come tua ragazza?»

Stavo guidando e scrollai la testa.

«Devo pensarci» le risposi ironico, ma lei non colse.

«Dai, ma non mi hai riconosciuta?»

«No.»

«Sono la figlia della...» e mi fece il nome di una famosa puttana della città.

«Oh no, non conosco tua madre, non frequento.»

«Per favore, aiutami, lo sai che sono sotto metadone? Guarda qui.»

Mi mostrò le braccia arrossate dalle numerose punture di *ero*.

«Stella, sto con un'altra» dissi bluffando un po'.

«Ma che te frega, stiamo assieme solo stanotte, il mio ragazzo se mi vede in giro mi mena...»

«Ecco, un motivo in più per non farlo.»

La guardai, pensai che l'invito non fosse proprio da disprezzare, però la situazione si presentava assai intricata.

Per una volta cerchiamo di non andarci a cercare grane, mi dissi.

«Perché vai all'ospedale?»

«Devo vedere uno che mi dà della roba.»

L'ospedale non era distante, quando arrivammo accostai l'auto al marciapiede.

«Stella, stai attenta.»

Le diedi un bacio sulla guancia, lei ricambiò.

«Ciao, grazie, magari ci si vede.»

«Magari... buona fortuna!»

Scese dall'auto e scomparve dopo poco, rimisi in moto, pensai a Stella la notte intera.

Chissà chi avrà incontrato, cosa avrà fatto.

Stella, da quella sera, non la vidi più. Non seppi che fine avesse fatto.

Stammi vicino, dopo questa avventura non ci lasceremo mai

Una sera, qualche mese dopo il tour spagnolo, mi trovavo a casa di Alice, c'era anche un amico in procinto di partire per la Spagna.

Alice avrebbe voluto che parlassi proprio di quella vacanza, ma io non ne avevo voglia.

Siccome il tavolo era ingombro di libri e varie cianfrusaglie, ci mettemmo per terra, seduti all'indiana.

Luci spente, era buio, saranno state le dieci di sera. «Quindi vi siete divertiti?» mi chiese Alice, insistendo.

Alla fine, non le avevo raccontato poi molto.

«Sì e no, diciamo che il gruppo sentiva la tua mancanza» le dissi.

«Mi spiace un casino non essere venuta» ammise lei, per poi rivolgere l'attenzione al nostro amico che parlava di ciò che avrebbe voluto vedere in Spagna durante il suo viaggio.

Li osservai in silenzio per un po'.

Come talvolta mi succedeva, stavo estraniandomi, lasciando agli altri l'onere di condurre la conversazione.

Io partecipavo per lo più solo con il pensiero: *lei ora dirà questo, lui quest'altro, io potrei dire questa altra cosa...* nella realtà, tacevo.

Improvvisamente un forte lamento, come un urlo.

«Ahhhh»

Che fa? Canta?

«Ahhhh»

Beh? È impazzito?

Il nostro amico si distese sul pavimento continuando a gridare e agitandosi disordinatamente, non era uno scherzo, ringhiava e muoveva la testa in preda a convulsioni.

Alice e io capimmo al volo la situazione.

«Ha un attacco, sembra epilessia, teniamogli ferma la testa.»

«Hai un fazzoletto pulito?»

«In bocca, subito.»

Lui continuava a dimenarsi, grande e grosso com'era, in due faticammo a contenerlo, cercando di impedirgli di farsi male.

Alice chiamò il pronto soccorso, l'ambulanza arrivò dopo dieci minuti, la crisi nel frattempo era terminata, ma il nostro amico era ancora steso a terra privo di conoscenza.

Venne caricato sull'ambulanza e subito di corsa trasportato in ospedale.

Lo seguimmo con la mia auto. Giunti al pronto soccorso, un'infermiera ci confermò la diagnosi. Si trattava proprio di un attacco epilettico.

«Chi siete, parenti?» ci chiese.

«No, amici.»

Lui non aveva documenti con sé, forse li aveva lasciati nella sua auto, non potevamo esserne certi.

«Provvediamo noi ad avvertire la famiglia» dicemmo

all'unisono, desiderosi di renderci utili.

«Bene, fatelo subito» ci rispose l'infermiera.

Uscimmo trafelati dal pronto soccorso e andammo a informare gli ignari genitori.

Mano nella mano, ci affrettammo verso la mia auto, ancora spaventati, Alice riuscì appena a dire poche parole, solo dopo che fu salita e si fu calmata.

«Sono sconvolta, stammi vicino, per favore. Penso che dopo quest'avventura non ci lasceremo mai.»

Ottobre 1977

Mi passò la tristezza continuando a camminare, nel silenzio

Più la conoscevo e più mi coglievano momenti di forte apprensione per Alice che spesso attraversava fasi di grande fragilità.

Si comportava in modo strano e soffrivo per lei.

Frequentava persone a mio avviso pericolose per il suo equilibrio psichico nonché per la sua sicurezza fisica. Lei mi rassicurava, spiegandomi che teneva tutto sotto controllo.

Tuttavia, non mi sentivo tranquillo, pensavo che avrei dovuto fare qualcosa per aiutarla, ma non sapevo come intervenire. Contattai suo padre che mi invitò a casa sua. Mi conosceva, ma non gli avevo mai parlato.

Una sera mi ricevette: seduti uno di fronte all'altro, sprofondati in poltrona come due signori. Mi colpì la sua flemma e il suo autocontrollo perché mi stavo rendendo conto di quanto potessero essere sgradite e preoccupanti le cose che gli stavo raccontando sul conto della figlia.

Mi stavo vergognando di me, non mi piaceva *tradire*

Alice, anche se questo non era esattamente un tradimento.

Pensavo che la figura paterna avrebbe potuto se non altro inviarle un messaggio di presenza: *«Alice, non sei sola, non sciupare la tua vita»*, questo avrebbe potuto essere il messaggio.

Alla fine, Alice e suo padre si incontrarono e parlarono, non volli conoscere i particolari.

Lei si infuriò comunque con me perché mi ero permesso di entrare nella sua sfera intima, ma la sfuriata finì sul nascere. E io stavo incominciando a volerle troppo bene.

Eppure, ancora mi tornava in mente Viola. Ci pensavo la sera: *chissà cosa starà facendo in questo momento? Sarà forse fra le braccia di qualcuno?*

Così rimuginavo, soprattutto in quelle giornate autunnali che mi ricordavano il periodo in cui mi ero innamorato di lei.

Capitava che questi pensieri mi assalissero anche quando mi trovavo in compagnia di Alice. In quelle occasioni tacevo, ero come assente.

Un giorno particolarmente uggioso, io e la mia amica stavamo passeggiando in città ed ero particolarmente taciturno.

Alice se ne accorse, qualcosa nella mia testa non stava frullando nel modo giusto e, come leggendo fra i miei pensieri, mi parlò assumendo un tono più distaccato e al tempo stesso intenso.

«Vedi, tu non ti rendi conto della forza che hai. Se solo fossi più consapevole di quel che vali, avresti stuoli di ragazze ai tuoi piedi.»

Io la guardai con un sorriso forzato, ma poco convinto, così lei riprese.

«Ce ne sono pochi in giro di ragazzi come te, credimi, e fai pure la tua figura».

Allora l'abbracciai e lei appoggiò la testa sulla mia spalla, così mi passò la tristezza continuando a camminare, nel silenzio, avvolti da una pioggerellina fine fine che sembrava quasi neve.

Mi tenne il broncio tutta una settimana

Le scaramucce fra me e Alice non mancavano di certo, di solito ero io a causarle toccando argomenti che sapevo già in partenza che fossero da evitare.

Una sera decidemmo di andare in un famoso locale del centro, nascosto fra vicoli e viuzze poco frequentate.

Stranamente, quel giorno eravamo gli unici avventori, doveva essere una vigilia di una qualche festività importante, di quelle in cui la gente si trincera a casa con i parenti e in pizzeria non ci va.

Poteva essere addirittura una vigilia di Natale o la notte di un Capodanno, non ricordo esattamente.

Insomma, in quel locale c'eravamo solo noi. Il pizzaiolo fu lento a preparare le pizze, quindi nell'attesa ci mettemmo a parlare di noi, come sempre.

«Alice, ci frequentiamo da tanto tempo» esordii, cercando di nascondere la mia timidezza.

«Sì certo, c'è qualche problema?» fece lei un po' sorpresa.

«No, è che tu vedi anche altri, io no.»

«Non so che farci, dovresti frequentare di più la gente» rispose infastidita.

«Sì, però oramai siamo molto legati, le persone pensano che tu sia la mia ragazza.»

«E quindi cosa dovremmo fare?»

Ora si era innervosita sul serio.

«Beh, dovresti pensarci, se stai con me stai con me e basta.»

«Vuoi l'esclusiva?» mi disse, gelida.

«In un certo senso...»

«Oh, per favore, ti ripeto, basta!»

Dopo quelle parole si irrigidì alzandosi dal tavolo proprio nel momento in cui venivano portate le nostre pizze; senza voltarsi, uscì incazzatissima dal locale.

Io non feci una piega e mi mangiai la pizza da solo, pensando che in fondo sapevo già come sarebbe finita quella discussione. Pensai che avrei rivisto Alice una volta sbollitale l'arrabbiatura.

La mia pizza era buona, la sua non so, per me era troppo mangiare anche quella.

Pagai il conto per due e abbandonai il locale, un po' indispettito con me stesso.

Un'altra volta accadde invece un episodio più divertente. Era un tardo pomeriggio autunnale, di quelli nebbiosi – allora nella mia città c'era ancora tanta nebbia, non come negli ultimi anni che è in pratica scomparsa – e mi trovavo in redazione al giornale alle prese con la chiusura di un pezzo.

Con me c'era anche una collega, Ilaria: quella sera avevamo fatto tardi e il giornale doveva chiudere, eravamo praticamente gli ultimi. Uscimmo dalla redazione insieme.

Fuori faceva molto freddo e io avevo parcheggiato l'immancabile bici lì vicino accingendomi a pedalare verso casa.

«Uh, che freddo» disse lei stringendosi nel cappotto.

«Troppo per i miei gusti, almeno tu sei in auto?»

«No, sono venuta a piedi, non pensavo di fare così tardi!»

«Dove abiti?»

«Non lontanissimo, giù a un paio di isolati, ma con questo freddo...»

«Vuoi mica un passaggio in bici?»

«Oh sì, grazie, volentieri, così faccio prima».

Ilaria era leggerissima, piccolina e biondissima, non faceva tanti complimenti, un tipo che mi piaceva. Salì sulla canna della bicicletta e ci dirigemmo verso casa sua.

Chi si fa portare in bici, stando nella posizione di Ilaria, ha sempre una visibilità migliore rispetto a chi guida.

«Ehi, guarda un po' là in fondo» disse dopo un centinaio di metri.

Mi fermai. All'angolo di una strada, un piccione cercava di prendere il volo senza riuscirvi, doveva essere mezzo congelato. Ci avvicinammo e il piccione stette lì, fermo.

«Ha freddo, dovremmo metterlo in un posto caldo» fece lei.

Tornammo in redazione dove recuperammo una vecchia scatola da scarpe. Le praticammo alcuni buchi per consentire il ricambio dell'aria e tornammo dal piccione facendovelo entrare.

«Sì, e ora? Anche messo qui dentro, se resta all'aperto morirà, non supererà certamente la notte con questo gelo.»

Mi venne un'idea.

«Forse la soluzione ce l'ho. Qui vicino abita una mia amica, vive sola, potrà tenere il piccione per la notte, poi lo potremo liberare.»

Dopo cinque minuti, Alice ci ricevette nella sua casina tutta bella linda e pulita.

«Cosa tenete lì nella scatola?» ci chiese guardandoci in malo modo.

«Ecco, abbiamo pensato che potrebbe passare la notte qui da te, l'abbiamo trovato semi assiderato poco fa» dissi tirando via il coperchio.

«Da me? Ma siete impazziti? Devo tenere questo schifo di piccione a casa mia?»

Chi l'avrebbe immaginato che ad Alice i piccioni non piacessero?

«Su, Alice, è solo per una notte, gli dai un po' di pane, del latte e domani lo metti sul balcone, vedrai che starà meglio e volerà via da solo.»

Riuscimmo a convincerla: per quanto il piccione le facesse schifo, non voleva averlo sulla coscienza.

Riportai quindi Ilaria a casa sua.

Il giorno dopo, di prima mattina, tornai a casa di Alice. Mi accolse con un'espressione furente in volto, non disse nulla, ma mi portò in cucina.

«Guarda, il vostro piccione!»

Era successo che l'animale si era ripreso quasi subito già la sera prima e aveva cominciato a svolazzare qua e là per la cucina che adesso era ridotta a un mare di piume tutte disperse sul tavolo, nel lavandino, per terra.

In più, il piccione non voleva saperne di andarsene e non si lasciava acchiappare continuando a svolazzare per la casa e a disperdere piume.

Alla fine, il volatile uscì dalla finestra da solo.

Alice mi cacciò di casa dicendo che non aveva bisogno del mio aiuto per ripulire e mi tenne il broncio tutta una settimana. Poi le passò.

30 maggio 2018 – ore 4

... nel cuore della notte

Mi svegliai di soprassalto, avevo ripercorso nel sonno molti avvenimenti, mi sentivo strano e come in trance raggiunsi la cucina. Bevvi un bicchiere d'acqua, scrutando fuori dalla finestra, cercai di calmarmi, tornai a letto e mi riaddormentai all'istante.

Speranze, gioie grandi, delusioni e sofferenze si rincorrono. È notte e devo raggiungerla, so che lei mi aspetta.

Sto salendo lungo un sentiero di montagna e attorno a me è buio, un buio pesto, non c'è luna e le stelle sono coperte dalle nubi. Il sentiero è impervio, però riesco a scorgere delle luci in lontananza, cerco di raggiungerle perché so che la troverò. Ora le luci sono molte e molto diffuse e sto camminando lungo un crinale.

Sono felice perché mi attende un percorso in discesa e presto lei sarà mia, quando improvvisamente il sentiero si interrompe. Un profondo dirupo mi separa dal versante della valle illuminata.

Le luci, dall'altra parte, continuano a brillare, come a richiamarmi. Come potrò raggiungere Alice?

Marzo 1978

Improvvisamente, fummo circondati da quattro poliziotti con il mitra spianato

L'Italia stava vivendo uno dei momenti più bui e drammatici, degli anni di piombo e quasi ogni settimana si registravano uccisioni da parte delle forze rivoluzionarie dell'estrema sinistra.

A queste, si aggiungevano altri assassinii a opera dei gruppi politici dell'estrema destra.

La situazione era tanto tesa da far credere che qualcosa di molto grave sarebbe presto successo.

Il 16 marzo, un commando delle Brigate Rosse rapì il presidente della Democrazia cristiana uccidendo nell'operazione i cinque uomini della scorta.

Quel giorno mi trovavo in redazione; la tesi era ormai terminata e avevo dunque ripreso a collaborare al giornale.

Stavo concludendo uno dei miei pezzi di cronaca bianca quando qualcuno esclamò gridando:

«Hanno rapito Moro!»

Erano circa le 9,30 del mattino ed era appena pervenuta una nota di agenzia.

Incredulità e sgomento, mista a quella sensazione che sorge quando accade qualcosa di brutto che comunque tutti si aspettavano accadesse, incominciarono a farsi strada in redazione.

Dopo qualche telefonata convulsa ad amici giornalisti e alla sede della DC cittadina, fu subito chiaro che si trattava di una notizia vera.

La RAI lanciò un'edizione straordinaria del telegiornale. Tutti eravamo costernati.

Quel giorno avevo in programma di andare all'università pensando di salire sul treno per Milano attorno a mezzogiorno e mi diressi subito verso la stazione, ma immediatamente mi fu chiaro che non era giornata.

Qualche negoziante aveva già abbassato le serrande e pensai che anche l'università avrebbe di certo interrotto le attività. Rinunciai e feci bene, altrimenti sarebbe stato del tutto inutile andare con il rischio di finire invischiato in qualche controllo o peggio trovarsi in mezzo a reazioni violente da parte di chissà chi.

In qualche modo tornai a casa, con la notizia che rimbombava ovunque.

Due giorni dopo la TV annunciò che, a Milano, ignoti killer avevano ucciso due giovani compagni e la cosa ebbe una certa risonanza.

La sera passai al solito Circolo. L'atmosfera era più o meno quella di tutti i giorni. Di fatto, la vita continuava come sempre, la vita non si ferma mai nemmeno quando accadono fatti molto gravi. C'era solo molta più polizia in giro per quanto fossimo decisamente distanti da Roma.

I giorni successivi mi vidi come sempre con Alice e

passeggiavamo dove capitava. La passavo a prendere a casa e la trasportavo in giro sulla canna della bicicletta.

Ci sedevamo sugli scalini del palazzo delle poste a guardare i pipistrelli che svolazzavano, di sera, continuando a farci le nostre immancabili risate.

Era anche il periodo d'oro delle radio libere e la compagnia che frequentavo si raccoglieva attorno a Radio Libertà, un'emittente di sinistra, extraparlamentare, come si diceva allora, ispirata a quello che veniva definito il Movimento.

Un insieme di persone fra i 16 e i 30 anni, senza una precisa collocazione politica, ma molto *contro* ogni forma istituzionale. Che dire, quello era il contesto.

Una sera mi trovavo sui sedili posteriori di una Lancia, davanti c'erano Gianni al volante e un altro amico; dietro con me altre due persone, una alla mia destra e l'altra alla mia sinistra.

La cosa curiosa è che non ricordo più nessuno di quel gruppo, Gianni a parte.

Saranno state le ventidue di una giornata infrasettimanale, poteva essere un martedì.

«Che si fa?»

«Andiamo in radio» propose uno.

«Ok.»

Fermammo la macchina parcheggiandola davanti al portone d'ingresso di una vecchia casa del centro dove c'era la sede della radio.

Gianni spense il motore e rimanemmo lì a parlare del più e del meno, forse qualcuno si accese una sigaretta, e accadde l'imprevisto.

Improvvisamente, fummo circondati da quattro poliziotti con il mitra spianato. Ci intimarono di scendere con le mani in alto.

I due davanti scesero, uno a destra e l'altro a sinistra; quelli vicino a me altrettanto, uno a destra, l'altro a sinistra.

I poliziotti volevano verificare i documenti di ciascuno di noi; ok, nessun problema, tutti misero mano alla carta di identità. I miei quattro amici furono controllati, mancavo solo io.

Rimasi però seduto in macchina. *Se ora mi sposto –* pensai *– quelli con il mitra spianato chissà come reagiscono.*

A poco a poco, vedendo che tutti i poliziotti erano impegnati a controllare i documenti degli altri, trovai il momento propizio e scesi lentamente dalla parte del marciapiede, carta di identità alla mano, cercando di non farmi notare.

I poliziotti stavano già restituendo i documenti, io mi aggiravo ancora in modo vago, non sapendo che cosa fare.

Un agente mi notò e fece cenno che era tutto a posto. A quel punto, avrei dovuto mostrare il mio documento, ma nessuno me lo chiese.

La polizia non ebbe l'onore di registrare il mio nome, quella sera.

Questa, dunque, era la situazione: c'era molta agitazione, ma scarsa attenzione ai dettagli da parte delle forze dell'ordine della mia città, ai tempi del rapimento Moro.

Moro venne ucciso il 9 maggio, qualche giorno prima era venuto nella mia città il segretario della Democrazia cristiana riempiendo di pubblico il teatro cittadino.

In tutto il paese destarono impressione le parole del Papa, inginocchiato davanti agli *uomini delle Brigate Rosse*, così li apostrofò, implorando il rilascio del leader democristiano.

Tutti noi giovani politicizzati eravamo convinti che Moro

non sarebbe mai stato liberato, pertanto la notizia del rinvenimento del cadavere dello statista nella famosa Renault rossa, fu vissuta quasi come una liberazione da un incubo.

Da quel giorno le cose cambiarono: diventò sempre più difficile non schierarsi né con lo Stato né con le Brigate rosse, come l'intero movimento pre-rivoluzionario giovanile fino allora aveva recitato alla stregua di un mantra dal sapore farisaico.

Giugno 1978

Non era necessario disturbarsi e venire fino a Milano

Avevo finito gli esami da tempo, l'ultimo era stato a novembre dell'anno prima e da allora mi ero dedicato alla stesura, nei minimi particolari, della tesi.

Alla fine, ero riuscito a escogitare un buon metodo per calcolare il costo di creazione di un nuovo posto di lavoro.

Ero piuttosto soddisfatto del risultato, così pure in azienda dove il mio stage si era concluso già da diversi mesi. Fra gennaio e aprile lavorai ancora saltuariamente senza rimborso spese, ma non mi lamentavo. Se in azienda erano soddisfatti del lavoro svolto, un po' meno lo erano in università dove *brillavo* per la mia assenza.

Furono quindi necessari un paio di incontri del mio tutor con il docente che avevo scelto come relatore. Insegnava economia e politica industriale, materia nella quale mi sarei laureato. Ero dunque pronto per l'esame di laurea.

Tuttavia, ero animato da un forte spirito minimalista.

Poiché non sopportavo – allora come oggi – i cerimoniali e tutto quello che in genere ne consegue con festeggiamenti vari, volevo laurearmi nel modo più informale possibile.

Addirittura, la tesi fu rilegata senza la classica copertina blu in cartoncino spesso con lettere impresse in oro. No, la mia tesi sarebbe stata fotocopiata in azienda, rilegata con punti metallici e ricoperta da una semplice pellicola protettiva sul frontespizio e da un cartoncino un po' più spesso sul fondo. Stile briefing aziendale, per intenderci.

Era comunque molto voluminosa e superava le centocinquanta pagine e aveva pure un titolo altisonante: *Attività industriali ad alta intensità di lavoro e bassa intensità di capitale in Italia.*

C'era il problema di come vestirsi per il giorno dell'esame di laurea. Tutti i candidati si presentavano alla discussione finale in completo blu o grigio, mentre io aborrivo quel genere di abbigliamento. D'altra parte, non era opportuno distinguersi troppo.

Optai per uno spezzato casual messo assieme con quanto già possedevo.

C'era anche il problema di chi invitare. No, a quello proprio non ci avevo pensato, gli invitati non li volevo e basta. Nemmeno i genitori volevo presenti.

A casa dissi che la discussione sarebbe avvenuta a porte chiuse pertanto non era necessario disturbarsi e venire fino a Milano. L'unica persona che non poteva mancare era il mio tutor.

«Dovrei esserci» mi disse il giorno prima, benché l'uso del condizionale avrebbe dovuto farmi intendere che, con tutta probabilità, non sarebbe venuto.

Meglio così, pensai.

Arrivò il giorno della discussione che ebbe luogo in un afoso pomeriggio di metà giugno. Il tutor non si fece vedere.

Procedetti alla discussione senza la tipica claque che ogni candidato si porta dietro.

Il tutto si svolse in una ventina di minuti, il mio relatore fece delle domande generiche, era evidente il suo disinteresse. Parlai per una decina di minuti e la commissione si dichiarò soddisfatta.

Dopo un'attesa di circa un'ora, venni proclamato dottore. Guardai l'orologio, se mi fossi sbrigato avrei fatto in tempo a prendere il treno delle diciotto.

La votazione finale fu buona anche se non presi il massimo, ma la tesi era piaciuta molto e in sede di valutazione le assegnarono il massimo dei punti consentiti.

Fu sufficiente perché i colleghi del giornale pubblicassero un trafiletto nelle pagine di cronaca dal titolo: *Il nostro collaboratore laureato a pieni voti!* Imbarazzante!

Solo una persona era al corrente della mia laurea: Alice. Non avrei potuto non dirglielo. Le avevo raccontato tutto, anche che non volevo nessuno ad assistere.

Quando scesi dal treno mi affrettai a raggiungere l'uscita della stazione e lei era lì ad aspettarmi, senza nemmeno sapere che fossi proprio su quel treno lì.

«Ciao, com'è andata?» mi chiese venendomi incontro e sorridendomi.

«Bene, grazie! Non pensavo di vederti qui.»

«Ti spiace?»

«No, anzi, grazie per essere venuta.»

«Mi dici come sia possibile laurearsi in questo modo?»

«Così come?» le dissi facendo il finto tonto.

«Così, senza nessuno.»

«Ci sei tu, no?»

«Mi accompagni a casa?»

Cenammo insieme e poi ci salutammo.

Dal giorno dopo sarebbe cominciata, per me, una nuova vita.

VI

Luglio 1978

*Se non fosse stato per Chopin, non avrebbe
perso il controllo della situazione*

Le vacanze in montagna della mia famiglia proseguivano regolarmente e io tutti i giorni inventavo scuse per continuare a stare in città con Alice.

«Sai, sarò a casa da solo per almeno una settimana, perché non ti trasferisci da me?» le buttai lì, sperando che accettasse.

Alice mi guardò di traverso e sorrise.

«Facciamo una prova?»

«Tre giorni, dai. Vediamo cosa succede a passare tutto il tempo insieme, io e te.»

«Però senza uscire di casa, saranno tre giorni tutti solo per noi due senza contatti con nessuno.»

182

Lei sorrise ancora e in pochi minuti mise assieme le sue cose.

Secondo gli accordi, ciascuno avrebbe fatto quello che voleva: ascoltare musica, suonare la chitarra, soprattutto letture, discussioni sulle letture, no televisione.

Consentiti cibo e coccole, tante coccole.

L'appartamento era grande e deserto, c'erano a disposizione diverse stanze e non era obbligatorio dormire tutti e due nello stesso letto.

Il primo giorno trascorse tranquillamente. Ad Alice piaceva impersonarsi donna di casa, io lasciavo fare, lei sapeva cucinare meglio di me che non andavo oltre all'uovo fritto e alla pasta in bianco.

La seconda sera accadde qualcosa di strano. Alice mi disse che avrebbe preferito starsene da sola in camera, era inquieta, non gradiva la mia presenza.

Mi preparai a trascorrere la notte da solo in camera mia, ma la luce della stanza dove dormiva lei era sempre accesa ed era già passata la mezzanotte, poi l'una, le due.

L'inquietudine di Alice si era trasformata chiaramente in un attacco di angoscia i cui effetti stavano ormai oltrepassando le mura che dividevano le nostre stanze.

Fui colto da un'agitazione che, con il passare delle ore, divenne sempre più intensa.

Com'era possibile che l'angoscia si trasmettesse anche attraverso le pareti? Stavo sperimentando forse un'insolita forma di comunicazione o un contagio come un virus? Oppure era solo suggestione.

A quel punto, entrai nella sua stanza.

«Alice, cosa succede?» le chiesi andandole vicino, con aria preoccupata.

«Oh, tu non puoi fare niente, è così brutto...»

Sentivo come se una presenza aliena avesse invaso tutta

la casa. Forse un presagio di morte?

Lei rispose quasi come se mi avesse letto nel pensiero.

«Potrebbe accadere qualcosa di brutto a qualcuno di noi» riuscì a dire.

Poi l'attacco di angoscia a poco a poco si concluse come era venuto e le prime luci dell'alba ci sorpresero ancora svegli, ma tranquilli.

Ci addormentammo vicini, ciascuno con il proprio residuo di inquietudine.

Quando ci svegliammo, pensai di aver sperimentato una sorta di comunione spirituale.

Alice aveva senza alcun dubbio caratteristiche da medium, e probabilmente anch'io, con la differenza che lei alimentava questa sua inclinazione spirituale cercando di comprenderla e dominarla, mentre io ne rifuggivo spaventato.

La sera del terzo giorno Alice mi raggiunse in camera. Era già buio fuori, dunque potevano essere le dieci, poco più o poco meno.

Cominciammo a parlare, lei indossava una camicia da notte bianca.

«Sono felice di essere qui con te» mi disse.

«Pure io, stasera mi sento molto in pace.»

«Tu sei sempre così tranquillo.»

«Lo sai che è solo apparenza, stenditi vicino a me.»

Ci infilammo nel mio letto a una piazza, molto vicini.

«Ti va della musica?» le chiesi.

«Oh sì.»

Mi alzai e mi diressi verso il giradischi.

«Classica, però!»

«Ovvio.»

Nell'estrarre il vinile dalla custodia, il pensiero corse a quando Viola me lo aveva regalato per il mio compleanno di ormai due anni prima; ma non era mia intenzione in quel momento rievocarne il fantasma, ma successe, anche se solo per un attimo.

Accesi il giradischi e le note di Chopin nell'esecuzione di Maurizio Pollini incominciarono a diffondersi nella stanza.

Mi sdraiai accanto ad Alice e chiudemmo gli occhi.

– *Polonaise Op. 26, No.1 in do diesis minore, Allegro appassionato.*

Alice si voltò verso di me, ora eravamo a contatto di pelle, ci baciammo e ci abbracciammo stretti.

– *Polonaise Op. 26, No.2 in mi bemolle minore, Maestoso.*

Lei adesso era supina, la sua camicia da notte si era sollevata. Le accarezzai un fianco, poi più su, sempre più su, oramai le accarezzavo il seno nudo.

I seni di Alice non erano pronunciati e a me sono sempre piaciute le ragazze con le tette piccole, anche solo appena accennate. Ancora oggi la trovo una caratteristica irresistibilmente sexy.

–*Polonaise Op. 44, in fa diesis minore, Tempo di polacca, Tempo di mazurka.*

Le accarezzai l'altro seno, le mie mani si soffermarono sui minuscoli capezzoli, continuammo a tenere gli occhi chiusi e ad ascoltare.

– *Polonaise Op. 53 No.1 in la bemolle maggiore, Maestoso.*

Riprendemmo a baciarci e ancora oggi non so come feci a non sfilarle del tutto le mutandine, ma fra noi gli accordi erano precisi: nessuna penetrazione, e mantenemmo fede alla parola data.

Ci addormentammo abbracciati mentre il giradischi continuava a funzionare. Girò a vuoto per tutto il resto della nottata.

Alle prime luci dell'alba, Alice schizzò in piedi e volle un caffè. La notte era finita, si ricompose.

Alcuni mesi dopo mi confessò che, se non fosse stato per Chopin, non avrebbe perso il controllo della situazione e non si sarebbe lasciata accarezzare i capezzoli, ma forse era solo una scusa per vendicarsi di qualche scaramuccia.

A essere sincero, in quel periodo quel disco di Chopin non lo ascoltavo mai perché mi ricordava Viola, tuttavia fui contento di averlo messo su perché, da quel giorno, lo avrei associato al ricordo di una indimenticabile notte di tenerezze con Alice.

Dopo quella tre giorni, entrammo in una fase convulsa.

Era tempo di decisioni radicali che però non erano affatto scontate. Davvero eravamo fatti l'uno per l'altra?

Mia lettera ad Alice, del 6 luglio 1978

Non so che dire.

Vedo comunque che la linea delle decisioni radicali è ancora la tua preferita: è una linea sempre più difficile da seguire più passa il tempo, più si invecchia, più ci si accorge che gli "ideali" esistono perché è proprio la realtà a ucciderli. Non credo all'amore con la A maiuscola, anche se la tua lettera mi sta facendo piangere da ieri sera. E questo cosa sarebbe, quindi? Lascio a te la risposta. Ma c'è qualcosa che veramente ci ha divisi e ci divide: non avrei mai potuto proteggerti fin tanto che in te sarebbe esistito qualcosa che a me sfugge. In pratica non mi hai mai rivelato il tuo "mondo", ed è questo il punto fondamentale. Di te mi rimane una frase: "ma tu sai veramente chi sono?". Voglio credere a ogni parola della tua lettera, anche se ho alcuni dubbi. Non so come salutarti.

PS:(1) Curati ugualmente. Credo che i tuoi acciacchi dipendano da: a) i nervi, b) il fumo.

Per il fumo che mi hai fatto respirare in questi giorni a casa mia, mi stavo trasformando in una sigaretta io stesso. Ho addirittura avuto, stanotte, i tuoi sintomi poiché: i nervi c'erano già per conto loro e, quanto al fumo, ho continuato a deglutire catarro che si era creato lungo le vie respiratorie. Risultato: il classico groppo alla gola, che avverti pure tu, come di roba che non va né su né giù. Conclusione: smetti di fumare!

PS: (2) Comunque ti riporto il pacchetto di Nazionali che hai dimenticato a casa mia. C'è pure una penna papermate. Se non è tua è di mio fratello: se è tua vienila a prendere tu.

PS: (3) Scrivi, scrivi, scrivi, scrivi, scrivi più che puoi!

Lettera di Alice del 21 luglio 1978

Tieni a mente questa data, perché forse è importante. Ieri ho vissuto la svolta, e oggi ho deciso. Hai presente i nostri discorsi, le nostre chiacchierate? E soprattutto le

decisioni radicali riguardanti il futuro? Io ho deciso oggi,
ma forse già ieri perché qualcosa in me è cambiato, e ora
e per sempre ho deciso, dal profondo, che trascorreremo
la vita insieme, giustamente felici. Con te è tutta una cosa
nuova, e forse triste-dolce, in questo senso: è una cosa
matura e seria. Penso sia il "rendersi conto". Alice

6 agosto 1978

A vederci, dovevamo sembrare perdutamente innamorati

Quello che stava maturando durante l'estate del 1978 era, nei fatti, la progressiva accentuazione del nostro rapporto.

Fino a quel momento non pensavo che la relazione con Alice si sarebbe trasformata in qualcosa di più stabile e duraturo, per quanto l'importanza della nostra relazione fosse evidente a entrambi.

Tuttavia, proprio questo aspetto costituiva il segreto della sua consistenza: a nessuno dei due interessava trasformare il legame in qualcosa di esclusivo. L'estrema libertà era la chiave di volta su cui si reggeva tutto.

Nessun legame, nessuna gelosia, giusto un po' di fastidio se uno dei due scopriva che l'altro trovava occasioni di interesse altrove, oltre alla possibilità di coltivare qualche flirt innocente con altre persone.

Un giorno di agosto suonai il campanello di Alice. Lei mi aprì e salii in casa. Indossava con grazia una elegante tunichetta bianca trasparente, attraverso la quale si arguiva l'assenza delle mutandine.

«Domani vado a Goglio con i miei, per una settimana, se ti va puoi raggiungerci domenica, potremmo stare una giornata insieme.»

«Goglio? Dove sarebbe?»

«Su in val Formazza, ce la fa la Cinquecento?»

«Sì, perché no? Non ci sono mai stato, ma l'auto va dappertutto, ci vorranno quasi tre ore.»

«Bene, allora ti aspetto per le dieci.»

Così dicendo, mi scrisse l'indirizzo dell'albergo su un pezzo di carta.

La domenica successiva partii all'alba, ma di quel tragitto non ricordo nulla.

Rammento solo che fu una delle giornate più piacevoli della mia vita.

Quando ci incontrammo, ci prendemmo subito per mano e ci incamminammo per raggiungere una funivia, pranzammo e il pomeriggio lo passammo a rotolarci stretti stretti sui prati verdi dall'erba ben curata e dell'altezza giusta.

Davanti a una chiesetta qualcuno ci immortalò in una foto, abbracciati.

A vederci, dovevamo sembrare perdutamente innamorati.

«Sai, Alice? Non sono mai stato così bene con nessun'altra in vita mia.»

«Ne sei proprio sicuro?»

Stava forse alludendo alla mia ex?

«Sì, con te mi sento così spontaneo, non penso a nulla, non ho bisogno di tenere tutto sotto controllo, mi sento trasfigurato.»

«Che bello!»

Era colpita, quasi esterrefatta, lo intuivo.

«Anche per me è una gioia. Cosa farai questo mese?»

«Non so, andrò in montagna con i miei, come al solito.»

«Perché non facciamo un giro in Toscana?»

«Dagli etruschi?»

«Sì, poi a Roma, Napoli, ti va? Guidi tu la Cinquecento.»

Aveva già deciso.

«E dormire?»

«Boh... Tommy deve avere una tenda, gliela chiediamo.»

Questo Tommy era un tipo assai squinternato, dalla parlata strascicata napoletana alla Troisi, non si capiva che mestiere facesse né di quali espedienti vivesse.

Decisamente destrutturato e scolasticamente indefinibile, faceva parte dell'entourage del giro delle tante compagnie di sinistra, interessato più alle ragazze che non ai contenuti rivoluzionari.

Tuttavia, essendo la quintessenza del giovane proletario, costui era una sorta di simbolo, come fosse magicamente uscito dalle fila del celebre *Quarto Stato* di Pellizza da Volpedo.

Per quanto ai miei occhi non del tutto affidabile, come procacciatore di tende da campeggio poteva andare.

Alice e io avremmo pianificato il viaggio una volta rientrati in città.

Le mie vacanze poi si sarebbero protratte a forza, dato che ero in attesa di partire per il servizio militare, molto probabilmente a settembre.

Quella sera feci ritorno molto tardi. A pochi chilometri da casa, attorno alle 23, scoppiò un violento nubifragio.

Proseguii imperterrito sulla strada bagnata e assetata di acqua a causa delle precedenti giornate afose e secche.

Le rane saltavano dai fossi sulla strada bagnata e la mia auto ne faceva strage a decine passandovi sopra e schiacciandole senza pietà. Arrivai a casa, decisamente stanco.

Era deserta dato che tutti erano ancora in montagna e mi infilai a letto.

Con gli occhi aperti, ripensai alla giornata appena trascorsa. Accesi la radio, stavano trasmettendo il notiziario del notturno italiano.

Era morto Paolo VI. Proprio in quella giornata pervasa d'amore, era scomparso il papa che amavo.

15/31 agosto 1978

La spensieratezza con cui andavamo in giro rasentava l'incoscienza

La breve vacanza sulle orme degli antichi etruschi segnò il legame con Alice più di qualsiasi altra cosa.

Quei giorni, successivamente, pesarono sulla memoria come macigni, quasi come se quel viaggio, anziché una decina di giorni, fosse durato dei mesi, tanta fu l'intensità del nostro gioioso stare insieme.

La ricerca della tenda si fece più complicata del previsto. Solo alla vigilia della partenza trovammo Tommy che, a fatica, si ricordò di possederne una.

Ce la portò già avvolta nella custodia, disse che c'era tutto, una canadese a tre posti, così saremmo stati ancora più comodi. La mettemmo in auto senza controllare.

L'idea di utilizzare la mia Cinquecento per attraversare mezza Italia era alquanto stravagante: non che l'auto non fosse in grado di farsi 600-800 chilometri in andata e altrettanti in ritorno, ma la velocità non sarebbe stata il massimo. Decidemmo di fermarci, lungo il tragitto, facendo tappa presso le più interessanti località etrusche.

193

«Senti, ti spiace se la Cinquecento la prendo io, oggi? Così carico i miei bagagli, te la riporto domani, ci carichi i tuoi e partiamo» mi chiese Alice alla vigilia della partenza.

«Ok, tanto stasera non mi serve.»

Il giorno dopo venne a prendermi. I suoi bagagli consistevano in un semplice zaino di medie dimensioni più una distesa di vestiti ben piegati che occupavano praticamente tutti e due i posti posteriori fino all'altezza del lunotto. La tenda stava appoggiata sul pianale.

«Sei impazzita?» le dissi non appena vidi tutta quella roba.

«Dai, è solo qualche cambio, non vedi come sono carini?»

«Vabbè, Alice, te ne occupi tu, io non ne voglio sapere.»

Ormai erano lì, non avrei potuto farci molto.

«Tu non ti preoccupare» mi rassicurò lei.

Salimmo in auto alle sette del mattino di un giorno di agosto e ci dirigemmo verso la A1.

Come prima tappa facemmo scalo a Populonia. Anziché le normali pubblicazioni turistiche, la nostra guida non poteva che essere *Etruscologia*, il testo universitario del celebre studioso Massimo Pallottino.

Il volume era fra quelli in dotazione per la preparazione dell'esame per il quale Alice stava studiando.

Arrivammo a Populonia verso sera, trovammo fuori paese una bettola dove mangiammo in modo frugale qualcosa, non ci accorgemmo che il sole era tramontato da un pezzo sicché solo attorno al crepuscolo inoltrato ci rendemmo conto di non avere un posto dove andare a dormire.

La spensieratezza con cui andavamo in giro rasentava l'incoscienza, ci bastava la presenza reciproca per renderci forti e sicuri e incuranti di qualsiasi difficoltà.

Un vecchietto alquanto arzillo venne in nostro soccorso mentre eravamo lì nella taverna a decidere il da farsi.

Ci suggerì di incamminarci lungo un sentiero dove avremmo potuto trovare un posto riparato dove trascorrere la notte. Trovammo il sentiero e ci sistemammo all'interno di una nicchia con vista sul mare.

Non c'era la luna ed era tutto buio intorno, il che ci impedì di distinguere dove fossimo con precisione. Ci accontentammo di ammirare le luci del lungomare, in lontananza. Ci infilammo nei nostri sacchi a pelo e prendemmo sonno quasi subito. Il luogo era decisamente tranquillo.

Solo al mattino ci accorgemmo di aver dormito in una cappelletta cimiteriale che costeggiava il perimetro esterno del camposanto di Populonia.

Il giorno dopo visitammo la necropoli attardandoci a esaminare un bel numero di stanze sepolcrali.

Continuammo il viaggio e in serata arrivammo a Roma.

Ci trovavamo sulla Nomentana ed eravamo stanchissimi. Seguimmo il primo segnale di camping e arrivammo in un campeggio già molto affollato.

Incominciammo a darci da fare con la tenda, ma immediatamente scoprimmo l'assoluta mancanza del *catino* di sostegno, vale a dire proprio la zona sulla quale si dorme.

La tenda non era altro che il telo di copertura corredato con i picchetti di dotazione. Non avevamo neppure un martello.

«Splendido!» osservò Alice.

Ci rendemmo subito conto che senza un martello i picchetti in quel terreno durissimo non sarebbero mai penetrati.

«Lo dicevo io che di Tommy non ci si doveva fidare. E

adesso? Dovevamo controllarla meglio, 'sta cazzo di tenda!»

«Vai a vedere se qualcuno ci presta un martello» mi intimò, guardandomi storto.

«Perché proprio io?»

«Sei tu l'uomo.»

C'era vicino a noi una famigliola di turisti tedeschi.

I tedeschi hanno la fissa non tanto della precisione, questo è un luogo comune, bensì dell'eccellenza.

Il tedesco non può non dare il massimo in qualsiasi circostanza e situazione, non si accontenta, non è come l'italiano che-poi-ci-s'aggiusta.

E dunque questi tedeschi avevano il martello che faceva proprio al caso nostro.

Riuscimmo a piantare almeno il sovratelo e ci approntammo a trascorrere la notte con i sacchi a pelo distesi direttamente sull'erba o quel che ne rimaneva: per lo più sabbia calpestata con qualche ciuffo di erbacce che spuntavano qua e là.

Con il passare delle ore riscontrammo anche la presenza di insetti notturni.

Certo sarebbe potuto andare peggio, poteva piovere, ma non piovve.

Il mattino dopo fu chiaro che l'esperienza del campeggio era finita pietosamente.

Sbaraccammo tutto quanto, pagammo il camping e ci rimettemmo in macchina.

Dovevamo quindi trovare una nuova sistemazione per la sera. A quel punto, mi venne in mente di rispolverare una vecchia conoscenza: era il momento che Lucio si sdebitasse con me.

Non avevo più avuto sue notizie dai tempi di Viola, ma gli telefonai.

Conoscevo nome e cognome e a Roma l'elenco telefonico era reperibile in tutti i bar e in tutte le cabine telefoniche della città.

A pensarci fu una vera fortuna, allora esisteva solo l'azienda telefonica di stato.

«Pronto?»

«Ciao, ti ricordi di me?»

Breve attimo di attesa.

«Ma ciao, come stai?»

«Sono qui a Roma in vacanza.»

«Grande!»

«Senti, cerco una sistemazione da qualche parte, conosci qualcuno che affitti o una pensione a buon mercato? Sono con un'amica.»

«Ma cosa dici, venite da noi, vi ospitiamo.»

«Non vorremmo disturbare.»

«Figurati, vediamoci nel pomeriggio.»

«Va bene se ci si vede alle cinque in Piazza del Gesù?»

Alice e io volevamo fare prima un giro in centro.

Passammo la giornata a Roma e alle cinque eravamo sui gradini della chiesa del Gesù.

Lucio arrivò puntuale e immediatamente confuse Alice con Viola. *Andiamo bene*, pensai.

«Ti presento Alice, stiamo insieme».

Lucio stava sempre con Sabrina, ma il nostro carteggio si era interrotto già da tempo, mi fece piacere però rivederla dopo quella vacanza in Toscana quando stavo con Viola.

La casa di Lucio era affollata da altri amici suoi, fra i venti e i trent'anni, in tutto una decina di persone.

Ci accolsero su un enorme letto matrimoniale sovraccarico di ragazzi e ragazze dalle gambe abbronzatissime, le ragazze rigorosamente scosciate per il caldo. Ci aggregammo.

La conversazione non era però delle più coinvolgenti.

«Venite dal profondo nord! In Cinquecento, incredibile!» era l'osservazione ricorrente del pomeriggio. Alice e io, un po' frastornati, rispondevamo con frasi di altrettanta banalità.

Si fece sera e decidemmo di cenare tutti assieme in casa.

«Si fa la carbonara» decise Lucio.

Per preparare la cena ci dividemmo i compiti: chi avrebbe cucinato e chi fatto la spesa, noi ci offrimmo di andare al supermercato.

Mancavano il parmigiano, del vino e poco altro. Raccogliemmo i soldi di tutti e uscimmo in strada. Alice era   scocciata.

«Che hai?»

«Hai visto? I soldi per il parmigiano li dobbiamo mettere noi.»

«Dunque?»

«Costa ben più della pasta e di tutto il resto!»

Nonostante i suoi studi artistici e l'amore verso i testi classici latini e greci, Alice aveva una inequivocabile propensione al risparmio.

«Non ci avevo pensato, ma che vuoi farci, ci ospitano, no?»

«Uff...»

Mangiammo di gusto. La giornata volse al termine.

Per la notte mi assegnarono un divano in soggiorno, Alice ebbe una stanza tutta per sé, venne a darmi il bacio della buonanotte. Non sapeva decidere se infilarsi sotto le mie lenzuola; in quella casa si sentiva controllata, ma alla fine si trasferì nella camera che le avevano assegnato e ci rimase tutta la notte.

Il giorno dopo andammo a visitare alcune catacombe. Si pranzò da qualche parte e forse mangiai un po' troppo.

Nel pomeriggio il freddo dell'ennesima catacomba mi causò una congestione, stavo male.

Arrivammo a casa di Lucio verso sera, andammo a cena in un locale, ma io non me la sentii di entrare. Mi costrinsero a prendere un Fernet, dicendo che mi avrebbe messo a posto.

A me il Fernet faceva schifo, ma loro insistettero e alla fine lo bevvi.

Non trascorse che una ventina di secondi che mi sentii peggio, dopo cinque minuti vomitai anche l'anima.

A quel punto, tutti concordarono che era il caso che mi riposassi. *Lo so da me,* pensai.

Comunque, dopo essermi liberato lo stomaco, stetti meglio, tornai a casa e mi addormentai sul divano, all'istante.

La mattina dopo Alice venne da me sul presto.

«Sai, mi sono rotta di stare qui.»

«Di già?»

«Diciamo che proseguiamo il viaggio e salutiamo tutti quanti?»

«Però stiamo a Roma, cerchiamoci un albergo.»

«Ok.»

Salutammo Lucio e Sabrina e il gruppo di amici. Lucio, in quella occasione, fu molto cortese, mi era ritornato simpatico oltre che utile, ci scambiammo baci e abbracci e ci dicemmo arrivederci.

«Rifatevi vivi, buona prosecuzione!»

«Anche a voi e grazie dell'ospitalità!»

Riprendemmo la traversata di Roma, felici e contenti, finalmente di nuovo soli.

Arrivammo dalle parti di via dei Fori Imperiali. Chiedemmo alla classica prima persona che incontrammo e ci indicò l'hotel Colosseo in via del Colosseo.

L'hotel non era male, prezzo abbordabile: d'altro canto, a parte l'acquisto del parmigiano, non avevamo speso granché.

Il pranzo di mezzogiorno lo consumammo all'angolo della via del nostro hotel dove trovammo una specie di convento occupato da ragazzi e ragazze più o meno nelle nostre precarie condizioni, almeno così sembrava; poteva essere l'embrione di un futuro centro sociale.

Gli spaghetti al pomodoro che ci servirono erano appena accettabili ma, con poche lire, mettemmo a tacere la fame.

Dopo un pomeriggio trascorso per le viuzze di Roma e ai Fori Imperiali, facemmo ritorno in hotel per trascorrere la nostra prima notte di intimità.

La camera aveva un matrimoniale e un letto singolo. Alice disse subito di volersi mettere a letto nel matrimoniale, senza compagnia, lamentava un forte mal di testa. Si infilò sotto le coperte, vestita.

«Come, non vuoi cenare fuori?» le chiesi, un po' dispiaciuto.

«No, esci tu, io sto qui, ti aspetto.»

Alle sette del pomeriggio non si sta in camera, a Roma, assieme a una col mal di testa, pensai.

Uscii da solo, arrivai fino in piazza Barberini, ma mi stufai subito. Ero un po' scocciato per via del mal di testa di Alice. Rientrai in hotel verso le nove, mi spogliai, lei continuava a non sentirsi bene.

«Oh, d'accordo, dormo io sulla brandina.»

«Adesso però tu non guardare, ora mi spoglio e mi metto la camicia da notte.»

Finsi di chiudere gli occhi, in realtà la osservai con attenzione, aveva una splendida silhouette, una bella schiena e si muoveva in modo estremamente elegante.

«Hai guardato!»

«No.»
«Ok, allora dormiamo.»
«Notte.»
«Notte.»

Molte settimane dopo, tornati a casa, Alice mi confessò che, in realtà, più che mal di testa, quella sera aveva voglia di fare sesso con me e anche di essersela presa per via della mia uscita solitaria. Valle a capire, le donne.

Sta di fatto che la mattina seguente quella casta notte, avemmo una sgradita sorpresa.

A colazione l'albergatore ci disse che la sera prima, verso mezzanotte, era quasi sul punto di chiamarci perché si era accorto di un certo movimento di persone attorno alla nostra auto. Un brutto presentimento mi assalì.

Corremmo alla macchina: sembrava tutto a posto, tranne un particolare.

Alice e io avevamo stanziato una cifra destinata al carburante dell'auto, avevo messo in una busta centomila lire che dovevano bastare per il tragitto fino a Napoli e ritorno.

La busta l'avevamo nascosta fra i documenti dell'auto, libretto di circolazione, assicurazione e collocata proprio sotto il volante.

Il primo pensiero fu di verificare se fosse ancora al suo posto. Purtroppo, era sparita e, con essa, il viaggio sfumava perché, fatto un rapido conto, i nostri soldi tenuti nei rispettivi borsellini ammontavano allo stretto necessario per il viaggio di ritorno dal punto in cui ci trovavamo.

I vestiti di Alice, fortunatamente, c'erano ancora tutti. In quel momento non avevamo nemmeno i soldi per pagare l'hotel. Comunicammo l'incresciosa notizia all'albergatore.

Eravamo in chiara emergenza.

«E adesso? Che si fa?» chiesi mentre cercavo una soluzione.

«Tu hai un conto corrente?»

«No, a casa ho solo un libretto di risparmio. Tu, Alice?»

«Io ne ho uno, ma non ricordo il numero.»

Siamo messi bene, pensai.

Cercammo una filiale della banca di Alice e trovammo la sede centrale della filiale romana.

Alice si ricordò qualche cifra del suo numero di conto e, dopo il deposito della firma e un controllo via fax – le banche disponevano di quella tecnologia allora all'avanguardia – fu possibile disporre di una cifra che ci avrebbe consentito di continuare il viaggio. Ma Napoli venne, purtroppo, sacrificata.

Quei soldi si rivelarono ovviamente utilissimi. Ci accingemmo infatti a spenderli immediatamente.

In via del Tritone trovammo la libreria del Poligrafico dello Stato. Una miniera di libri da collezione, specialistici e introvabili.

Io mi innamorai di un repertorio di simboli araldici ancora con le pagine da ritagliare, Alice andò a caccia di libri d'arte ed ebbe un'uscita che mi commosse: «Questi saranno i primi libri della nostra biblioteca.»

Ci riempimmo gli zaini di acquisti che portammo subito in hotel, sotto agli occhi sbalorditi dell'albergatore che, a quel punto, doveva averci scambiato per due stravaganti hippies facoltosi.

Il giorno seguente visitammo il museo di Villa Giulia, celebre per reperti etruschi molto famosi.

Non riuscii a staccare gli occhi dal *Sarcofago degli Sposi*, mi chiesi se la loro vita fosse stata felice, incutevano un senso di totale serenità e appagamento, chissà se sarei mai riuscito a raggiungerla.

Poi vidi l'*Ombra della sera*, quella scultura filiforme dai tratti così moderni, chissà a cosa stava pensando lo scultore mentre l'aveva scolpita.

Il giorno dopo lo dedicammo al Vaticano.

«Ma non ti sembra un po' un supermercato, questa chiesa?» fu il commento di Alice appena messo piede dentro alla Basilica di San Pietro.

«Un po', me la sarei aspettata meno affollata, non riesco a concentrarmi su nulla.»

In quei giorni il Vaticano era ancora in stato di sede vacante con il Conclave appena convocato per l'elezione del nuovo pontefice, il numero di turisti doveva essere esageratamente aumentato.

Attraversammo la basilica velocemente, uscimmo di nuovo in piazza e prendemmo una via laterale.

«Ho sete.»

«Ho visto un bar, prendiamo qualcosa.»

Ci sedemmo e ordinammo due Coca-Cola.

Mentre commentavamo delusi la chiusura del museo vaticano di arte romana causa restauro, una persona si avvicinò al nostro tavolino.

«Buongiorno, disturbo?»

Lo squadrammo da capo a piedi, sorpresi. Era un signore distinto, molto elegante con una giacca chiara e un paio di pantaloni in tinta.

«Vi ho sentiti parlare, vi occupate di archeologia?»

«Lei sì, studia gli etruschi, io l'accompagno e imparo.»

Alice si presentò dandosi molta importanza, come una vera studiosa.

«Sentite, vi andrebbe di visitare le sezioni di arte etrusca e romana dei musei vaticani?»

«Oh sì, ma abbiamo appena saputo che sono chiuse.»

«Se volete ve le apro, sono il direttore.»

Avevamo incontrato il direttore dei Musei vaticani!

Ci accompagnò e aprì personalmente, con un mazzo di chiavi che teneva in tasca, proprio la sezione del museo che faceva al caso nostro, ancora in allestimento.

C'era una gran confusione dappertutto, ma era tutto e solo per noi! Incredibile!

Alice era fuori di sé dalla gioia, ci disperdemmo fra urne cinerarie biconiche e a capanna, pettorali, bracciali e fibule, una statua di Marte, una coppia di leoni, sarcofagi policromi, l'Adone morente, terrecotte, busti, anelli, collane, idrie attiche che poi sono dei vasi, anfore e crateri, idem anche quelli vasi, a non finire.

Tornammo in albergo ancora eccitati per quell'incontro imprevedibile e fortunato.

La sera Alice si mise un bellissimo vestito a fiori rosa, uno di quelli che aveva scelto dai sedili posteriori della Cinquecento, e uscimmo dall'hotel senza meta.

Incrociammo gli sguardi interdetti della gente, dovevamo essere una coppia decisamente stravagante, lei tutta agghindata a festa, io in tenuta casual, vissuta.

Indossavo infatti un paio di jeans sporchi e corrosi e una t-shirt dozzinale, assolutamente non griffata, di provenienza Upim. Alice invece faceva una gran bella figura, era proprio carina.

Ci sedemmo sul bordo della Fontana di Trevi e, a un certo punto, mi caddero gli occhiali in acqua; li recuperai prontamente affondando le braccia fino in fondo alla vasca e questo fece balenare ad Alice l'idea, col suo bel vestitino, di fare quattro passi in acqua, giusto per rinfrescarsi meglio.

La osservai, costernato.

Il giorno dopo dirigemmo la Cinquecento verso nord: prima tappa, Vulci. Giunti in zona, trovammo l'area degli scavi non segnalata nel mezzo di una fitta boscaglia.

Lasciata la carreggiata sterrata ci incamminammo sul margine della strada e scoprimmo una recinzione sommaria.

«Entriamo?» mi domandò con noncuranza.

«Cosa? Guarda che è vietato, hai visto il cartello?»

Sulla recinzione faceva bella mostra un divieto di accesso.

Alice superò la recinzione senza rispondermi, e io le andai dietro.

Ci ritrovammo in un'area solcata da un ruscelletto oltre il quale si stendeva la zona archeologica vera e propria con gli scavi in corso.

Gli scavi si erano concentrati sulla planimetria dell'abitato di cui erano evidenti i muri perimetrali che sorgevano a un'altezza di pochi centimetri. Le camere erano ricoperte di sabbia. Entrammo in una di queste camere e ci accovacciammo, spazzammo via con le mani la sabbia, comparvero dei bellissimi mosaici policromi. Una vera meraviglia.

Rimettemmo la sabbia in buon ordine e visitammo il resto dello scavo. Inutile dire che eravamo gli unici turisti. Totalmente assenti guardiani e altre persone.

Alice si mise a camminare fra le acque del ruscelletto. Il caldo e il sole erano opprimenti. La fotografai. Quella foto l'ho sempre in mente, chissà dove sarà finita.

Ormai la via del ritorno era stata imboccata, ma c'erano ancora tappe molto importanti per il nostro tour artistico.

Toccammo le necropoli rupestri di Tuscania; a Tarquinia visitammo la bellissima e variopinta tomba delle tigri e la tomba del tuffatore, aperte da poco con ammissioni controllate a due persone per volta e per pochi minuti allo scopo di mantenere il più possibile costante il livello dell'umidità provocata dal respiro dei visitatori.

A Roselle raggiungemmo le pendici dell'antico lago ormai prosciugato, ma che un tempo rendeva possibile la navigazione e le comunicazioni con i villaggi costieri etruschi.

Fummo costretti a tagliare le spese di pernottamento, decidemmo di dormire all'addiaccio, dove capitava.

A Tarquinia trovammo spazio in un giardino comunale abbastanza ben tenuto.

La temperatura esterna dopo il tramonto cominciava a presentare il caratteristico frescolino dell'agosto inoltrato. Stendemmo i nostri sacchi a pelo. Alice si infilò nel mio e cercammo di prendere sonno, difficile con le sue cosce così vellutate e a portata di mano.

Dopo un po' il sacco a pelo si fece troppo angusto, decidemmo di trascorrere il resto della notte separati.

La mattina fui svegliato da qualcosa di umido che mi infastidiva le guance. Era il muso di un cane lupo a due dita dai miei occhi: balzai seduto di scatto, il padrone era in lontananza, il cane perse l'interesse nei miei riguardi appena si sentì richiamare.

Alice si stava destando proprio in quel momento. I risvegli dopo una notte passata in quelle condizioni erano piuttosto problematici. Cercammo una fontana per lavarci e un bar aperto per la colazione.

Scoprimmo di aver dormito in un giardino pubblico che fungeva anche da rotonda di smistamento del traffico.

Il viaggio di ritorno proseguì lungo la costa tirrenica, dopo Roselle giungemmo a Castiglioncello sul mare.

I soldi cominciavano a scarseggiare, investimmo il necessario per un pieno alla Cinquecento fino all'orlo del serbatoio. Lasciammo la macchina sulla battigia in riva al mare.

Io ero preoccupato perché il tappo del serbatoio sembrava non tenere e un po' di benzina continuava a fuoriuscire.

Alice fece il bagno con indosso una tunica bianca che la faceva assomigliare a una antica vestale, forse anche le etrusche facevano il bagno così, chissà.

Non avevamo pensato di portarci il costume da bagno, come anche, a ripensarci, il martello.

Sistemai la Cinquecento un po' più in piano e la benzina cessò di defluire dal tappo, mi sentii assai più sollevato.

Dopo il bagno, decidemmo di riprendere la via del ritorno attraversando l'appennino e dirigendo la vettura su Marzabotto. La città di Marzabotto, tristemente nota per l'eccidio nazista del 1944, dal punto di vista dell'etruscologia rappresentava una tappa importante.

Nei pressi della cittadina emiliana, a Pian di Misino, è visibile la planimetria dell'antico abitato, i resti dell'insediamento etrusco risalente al VI secolo A.C., otto quartieri divisi da quattro strade principali.

Dopo Marzabotto il tour terminò con la visita al museo archeologico di Bologna.

L'ultima notte, stremati, la passammo in un autogrill, io in macchina, Alice stesa da qualche parte al riparo di un grosso cespuglio. Le dissi di non farlo, ma lei con la sua testardaggine non volle sentir ragione. Ero così stanco che la lasciai fare. Alice aveva sempre, con sé, una buona stella che la preservava dai pericoli.

La mattina ci rimettemmo nuovamente in macchina con l'idea di raggiungere la nostra città e di trascorrere qualche giorno ancora assieme.

Mentre tornavamo, lei era triste.

«Non portarmi a casa, ti prego!» mi disse a un certo punto.

«Alice, non abbiamo più soldi» le ricordai, a malincuore.

Nemmeno io avrei voluto separarmi da lei. Pensavo di rimanere a casa sua qualche giorno anche se ancora non gliene avevo parlato.

Saremmo arrivati, ci saremmo fatti una doccia, ci saremmo messi a letto e avremmo fatto l'amore fino a quando, stremati, ci saremmo abbandonati a un sonno profondo e ristoratore. Questo era il programma che mi prefiguravo a mano a mano che i chilometri che ci separavano dall'arrivo diminuivano inesorabilmente.

Verso mezzogiorno abbandonammo la tangenziale di Milano e diressi l'auto fin sotto la casa di Alice.

Salimmo con tutti i bagagli che potevamo portarci: sacchi a pelo, zaini, libri. I suoi vestiti li avremmo presi più tardi.

Entrammo in casa e ci accorgemmo subito che qualcosa non andava.

«Ma che schifo è mai questo?» chiesi, allibito, guardandomi intorno.

«Formiche» sentenziò lei, facendo una smorfia.

«Sì, ma da dove vengono?»

«Saranno stati i gatti del vicino, vedi qui vicino allo zerbino? Hanno fatto i loro bisogni e hanno attirato le formiche che sono entrate in casa in cerca di cibo.»

Scoprimmo un'infestazione di formiche microscopiche che si erano intrufolate in ogni dove. Ce n'erano in cucina e in camera da letto, sui mobili e dentro di essi.

Era necessaria una disinfestazione in grande stile che decidemmo di rimandare al giorno dopo.

Stremati come eravamo, avevamo bisogno di una vera doccia e di riposare.

«Vieni da me, ti ospito a casa mia per stanotte, domani torniamo e puliamo tutto.»

«Lascia, sistemo un po', io resto qua.»

«No, sei troppo stanca, dammi retta. Ci pensiamo domani.»

La convinsi.

I miei erano appena rientrati dalla montagna, mia madre ci vide arrivare e ci osservò, sgomenta per lo stato stravolto in cui le dovevamo apparire. Ci lavammo e cambiammo a turno e cenammo.

Alice dormì nel mio letto, io in quello di mio fratello.

Il giorno dopo lo dedicammo alla disinfestazione e così terminò quella specie di *luna di miele* strampalata come il nostro rapporto che da quel momento entrò in una nuova fase di maggiore intensità.

Era il 26 agosto e avevano appena eletto papa Giovanni Paolo I.

Qualche giorno dopo la fine delle nostre vacanze romane ricevetti due lettere.

Lettera di Alice del 31 agosto 1978

Sto bene qui. Ti penso. L'hai voluto. Potrei dirti 77 cose. Ma il tempo passa. Ma ciò che è rimasto è bello. Immensamente, grandemente, serenamente bello. Grazie. Sei stato grande. Grande. Ciò che importa è ciò che ci rimane di nostro, di dentro. E a me dentro è rimasta la tua pace, che è una pace solo tua – intendi il senso! – Solo solo tua. Tu sei stato la mia/tua pace. Dentro per sempre ci sarà Roma, ci sarà la freschezza di un'estate, di una

*bici, di una mela. Grazie! È stato bello. E nel ricordo
saremo ancora insieme e sereni. Ciao, isola/oasi di pace!
Alice*

Notifica del 28 agosto 1978

Foglio di congedo illimitato

La seconda missiva giunse subito dopo quella di Alice. Datata 28 agosto 1978, la notifica venne portata direttamente a casa dal vigile comunale: FOGLIO DI CONGEDO ILLIMITATO.

Lo ricevette mia madre che a stento trattenne le lacrime nel leggerlo, anzi, non le trattenne affatto. Appresi la bella notizia a mezzogiorno rincasando per pranzo.

Rimasi spiazzato, in effetti: avevo coltivato l'idea del distacco da casa come occasione per ricrearmi un equilibrio, una ricerca di autonomia, una fuga dalla prevedibilità dell'esistenza. Ora lo scenario si era modificato in modo inatteso. Bisognava riformulare una strategia di vita.

Soprattutto bisognava, a questo punto, trovare un lavoro, problema che era stato accantonato provvisoriamente proprio in attesa di espletare gli obblighi di leva. Da quel momento non era più ammesso perdere tempo.

I commenti degli amici furono improntati al *che culo!* In effetti, era vero.

Beneficiai, in pratica, del boom demografico. Nonostante il mio *abile di III categoria,* grazie a una serie di rinvii per motivi di studio, apparivo ormai troppo vecchio per le armi, vista l'offerta molto ampia di giovani con qualche anno meno di me. L'esercito aveva preferito congedare parte degli esuberi e io, senza troppi rimpianti, alla fine me ne feci una ragione.

Settembre 1978

Passai una mezz'ora che mi sembrò infinita

Vivevo la presenza di Alice come una vicinanza intima e costante benché nel contempo temevo potesse finire dall'oggi al domani.

Un giorno ritrovai alcune cose di Viola, un paio di libri. Nel rivederli, fui assalito dalla nostalgia.

Presi coraggio e la chiamai con la scusa di restituirglieli e l'andai a trovare nella sua casa di Milano. Mi accolse sorridente.

«Ciao, cosa mi racconti?» mi chiese, gioviale.

Non sapevo cosa risponderle, così le dissi la prima cosa che mi venne in mente.

«Beh, è morto il papa.»

Il breve pontificato di papa Luciani, Giovanni Paolo I, era appena terminato con la morte del pontefice giunta improvvisa dopo soli trentatré giorni di pontificato. La notizia era stata data proprio quella mattina.

«Stupido, è morto da un po', adesso ce n'è un altro.»

«No, è morto un'altra volta.»

Un sorriso sarcastico si disegnò sul viso di Viola,

contagioso, e sorrisi irrispettosamente pure io.

«Ecco, vedi? Mi prendi in giro, non ci credo.»

Ma poi, vista la mia insistenza, si convinse, anche se con una dose di sospetto: d'altra parte non ero solito raccontarle delle balle.

Parlammo poi di noi, del nostro rapporto finito, dei suoi studi artistici, anche di Alice e del mio tour fino a Roma da poco concluso.

«Oh scusa, il telefono.»

«Ma ciao! Sei qui a Milano? Ma va? Sì dai, vieni, ti aspettiamo.»

«Lo sai chi era?» mi disse non appena ebbe concluso la telefonata.

«Chi?» chiesi, vagamente disinteressato.

Un rompiballe di sicuro, pensai.

«Era Lucio! È qui a Milano e viene a trovarci.»

Maledizione, ma è mai possibile che costui debba sempre interferire fra me e Viola?

Subito riandai ai tempi del suo servizio militare nella mia città, delle tante volte in cui la sua presenza mi aveva infastidito perché mi toglieva attimi che avrei passato più volentieri con Viola.

Di primo acchito, ebbi l'impulso di andarmene, mi alzai di scatto.

«Dove vai? Non attendi che arrivi così lo saluti?»

Viola sembrava allarmata.

«Scusa, posso ancora restare» dissi alla fine, poco convinto.

Alle undici giunse Lucio, come al solito gioviale, espansivo, con la battuta pronta e commenti appropriati. Passai una mezz'ora che mi sembrò infinita.

«Ora, scusatemi, ma devo proprio andare» dissi alzandomi e salutando. «Viola, mi ha fatto piacere rivederti. Lucio, alla prossima.»

«Oh, di già? Perché non rimani? Possiamo pranzare assieme» cercò di convincermi lei.

«Mi spiace, ma devo essere a casa nel primo pomeriggio.»

«Va bene, come vuoi.»

Viola mi accompagnò alla porta, ci salutammo dandoci la mano.

Ottobre 1978

Un piccolo tarlo, talvolta, si risvegliava dentro di me

Anche Alice fu entusiasta della notizia del mio congedo militare, avremmo continuato a vederci senza problemi.

Un giorno mi venne in mente che non avevamo ancora fatto i conti della nostra vacanza etrusco-romana. Dovevo restituirle dei soldi.

Ci vedemmo a casa dei suoi genitori per la spartizione perché, in quel periodo, Alice talvolta tornava nella sua vecchia dimora per riprendere libri e oggetti dimenticati.

Arrivai e lei i conti li aveva già fatti, c'era un foglio in bella mostra sul suo tavolo

«Allora, mi devi 100mila lire» mi disse.

«Come sarebbe a dire?» chiesi un po' stupito.

«Le centomila che ti sei fatto fregare le ho rimesse io, poi abbiamo acquistato i libri, ricordi?»

«Sì, con cinquantamila» ripresi. «Quindi io ti devo cinquantamila lire della benzina più venticinquemila per i libri. Quelli del furto erano soldi comuni quindi il danno va diviso per due.»

«No no, se non fosse stato per me il viaggio si sarebbe

concluso quel giorno e i libri li tengo tutti io.»

«Ma sono i libri della nostra biblioteca comune, l'avevi detto tu!»

«Certo, ma non vanno separati, è meglio che stiano tutti assieme, preferisco tenerli da me che ne ho pochi a casa dove abito, lo sai.»

«Ma il libro di araldica l'avevo scelto io, a te non interessava!»

«Oh, è vero, però l'ho riguardato, è così carino, me lo lasci? Su, poi quando vieni da me lo guardi quanto vuoi.»

Alice era terribile, in cuor mio non le avrei addebitato i soldi del fondo benzina rubato, ma lei questo non poteva saperlo.

Fui un po' seccato di questa sua meticolosità, ma le concessi tutto. Le diedi le centomila lire e la finimmo lì.

Le giornate ripresero a scorrere come al solito e si rafforzò sempre più, in me, la convinzione che mi sarei legato a lei per tutta la vita.

Avrei dovuto solo convincermi a darle fiducia e pensare che non mi avrebbe mai lasciato, per quanto un piccolo tarlo talvolta si risvegliava dentro di me.

Era l'ombra del sospetto che tutto sarebbe finito, anche se io non ci volevo pensare.

Mi bastava guardarla negli occhi per comprendere che mi stavo sbagliando, che non avrei dovuto dubitare di lei.

Alice iniziò a venire spesso a casa mia e un giorno di ottobre assistemmo in TV, assieme ai miei genitori, al saluto di Papa Giovanni Paolo II appena eletto al soglio pontificio.

In quella piazza di Roma, in quel momento gremita all'inverosimile di persone, c'eravamo stati pure noi.

Novembre 1978

Poi i suoi occhi incrociarono i miei, era furente

Un giorno mi fermai davanti a una gioielleria, pensando che sarebbe stato carino regalarle un bell'anello, qualcosa che esprimesse in modo concreto quello che provavo per lei.

Mi stavo inventando l'idea di un anello di *fidanzamento*, per quanto in cuor mio ero ben lungi dal qualificarlo in quel modo. Tuttavia, la sostanza era quella.

Entrai nel negozio, la commessa me ne mostrò uno bellissimo dalla montatura in oro bianco con un diamante a griffe che faceva bella mostra di sé in un castone che lo abbracciava. Purtroppo, la cifra era decisamente oltre il mio budget di quel momento, ma certo entro Natale sarei stato in grado di acquistarlo e uscii dal negozio con la classica formula: *ci penserò*.

Quello doveva essere uno di quei giorni in cui la realtà aveva deciso di obbedire al peggiore dei più foschi presentimenti. Infatti, poco dopo aver lasciato la gioielleria, Giorgio, un amico di Alice di vecchia data che però non faceva parte del nostro giro abituale, mi fermò in una piazza del centro mentre ero diretto in biblioteca.

«Hai notizie di Alice?»

Il suo modo di fare non mi piaceva, e intuii che me lo domandasse perché, come tanti altri, sapeva che lei e io stavamo praticamente insieme.

«Sì.»

La scelta di rispondere a monosillabi non fu casuale, da parte mia.

«Ma abita sempre al solito posto?» mi chiese ancora.

«Sì.»

«Okay, passerò a salutarla.»

La sua espressione mi piaceva sempre meno, lo sguardo era quello di uno che se la sarebbe voluta scopare.

La casa di Alice era diventata una sorta di porto sicuro per molti altri amici, lei la prestava anche a chi aveva bisogno di un po' di intimità.

Avevo il sospetto che, in passato, avesse condiviso il suo letto con altre persone, e non avevo mai avuto modo di chiarire con lei questa cosa: non sarebbe stato molto rispettoso, da parte mia, chiederle con chi fosse andata a letto, ma la cosa mi disturbava, a tratti.

Qualche giorno dopo, però, ne ebbi l'amara certezza perché me lo confessò lei stessa, candidamente.

«Sai, sono stata con Giorgio» mi buttò lì come se mi annunciasse di essersi appena comprata un nuovo paio di scarpe.

«Scusa? L'ho incontrato due giorni fa e mi ha chiesto di te! Allora è venuto a trovarti.»

Lei non rispose e abbassò lo sguardo.

Mi tornò in mente quella sua lettera di luglio, fra tutte la più commovente, nella quale Alice confessava di volermi bene e di volere vivere tutta la vita assieme a me.

E ora quella stessa persona mi stava lasciando intendere

di essere andata a letto con un altro, così, banalmente, come se la sera prima le avesse fatto male del nasello scongelato?

E io che stavo pensando di regalarle un anello!

Se la realtà quotidiana avrebbe dovuto essere quella, io non l'avrei accettata: non potevo pensare di amare e di essere amato da una persona che mi avrebbe tolto con un tradimento inaspettato e illogico la gioia che provavo standole vicino.

Le risposi con una parola, una parola che non avrei dovuto dire, perché conoscevo la sua fragilità, sapevo che l'essere andata a letto con quel *lui* doveva essere stato un evento subìto più che cercato, ma non riuscii a trattenermi.

Me lo confessò mentre camminavamo affiancati sotto ai portici affollati e, nonostante tutto, persi il controllo di me.

«Mi dici quando la finirai di comportarti come una...?»

Quella parola non avrei mai dovuto nemmeno pensarla.

Non mi rispose subito.

Scioccata, incredula, rimase in silenzio per qualche secondo, continuando a camminare, poi i suoi occhi incrociarono i miei, era furente.

«VAI VIA! VIAAA!» urlò, mettendosi a correre all'impazzata lungo il portico, veloce, sempre più velocemente finché non scomparì fra la folla.

Non la rincorsi: ero incazzato con lei e deluso da me stesso. Lasciai trascorrere qualche giorno, prima di cercarla, cercando di non farmi risucchiare dall'angoscia come era successo con Viola.

Con Alice non sarebbe successo: ci saremmo riappacificati, ne ero certo.

Suonai più volte alla sua porta, nessuno però venne ad aprire, lo stesso feci il giorno dopo e il giorno dopo ancora. Niente, di Alice nessuna traccia. Non la cercai più.

Di lei non seppi nulla per molto tempo.

Solo dopo qualche mese, venni a sapere che si era trasferita e che lavorava per una cooperativa sociale. Aveva quindi addirittura cambiato casa.

In quel momento, mi resi conto di averla perduta per sempre, avrei voluto piangere, ma non ci riuscivo.

Cominciai a maledire di averla incontrata, che andasse all'inferno lei e tutto quel manipolo di esseri squinternati che le stavano dietro. Solo che anch'io ero uno di quelli, a causa sua sradicato da tutto e da tutti.

Forse l'avevo sempre amata, e certo l'amavo ancora, disperatamente.

Sì, doveva essere proprio così: l'avevo ferita, avevo spezzato le sue ali e ora lei si era allontanata per andare a leccarsi le ferite. Era andata via per guarire e proseguire per la sua strada: anch'io l'avrei imitata, andandomene per la mia, prima o poi.

I giorni e le settimane passarono.

Oh, ma quanto mi mancava Alice; e non era solo la mancanza della sua vicinanza fisica o del calore della sua mano o degli abbracci e dei tanti baci rubati, no.

Mi mancava la sua voce, mi mancavano le nostre risate contagiose, mi mancavano i discorsi nei quali le nostre anime si denudavano senza pudore, nei quali ci confidavamo i pensieri più inconfessabili e stupefacenti senza aspettarci un'assoluzione, una condanna o un'approvazione.

Eravamo soliti stupirci di tutte le nostre intuizioni, dei

dubbi, delle certezze e di tutto quello che ci potevamo domandare e rispondere.

Mi mancava il nostro universo di amanti un po' sbandati, timorosi, sempre sul punto di donarsi fisicamente, ma ritraendoci e negandocelo all'ultimo istante, quasi come fosse una forma di rispetto intimo, vicendevole e incomprensibile.

Tutto quello che avevamo si era dissolto per sempre.

30 maggio 2018 – ore 5

Fase REM

Si è fatto giorno e due farfalle volteggiano una attorno all'altra. Assieme si spostano in slalom fra i raggi del sole. Quando giunge il tramonto si posano assieme su una pietra, poi un soffio di vento più forte degli altri le spinge lontano, fino a dividerle.

Lettera di Sofia, Pasqua 1979

Rivedendo le pieghe del tuo volto e la tua fronte pensosa, il tuo passo un po' trasandato e la tenerezza del tuo sguardo attento, quegli occhi cangianti come arcobaleni e la serenità delle tue parole, sento di volerti almeno un pezzetto di bene. Nonostante i silenzi rotti soltanto dal rumore dei nostri passi o da un timido fischiettare per sfuggire all'imbarazzo; nonostante il tuo distacco e la stranezza dei miei stati d'animo; nonostante le cose non dette; insomma, nonostante la "balordaggine" di questi due difficili individui! Vorrei che questa Pasqua ti portasse una ventata d'aria nuova, come una musica d'organo che ti riempie le orecchie e le vene rendendoti ebbro; una folata di speranza e di leggerezza, come un volo d'uccello; una manciata stravagante di estro. Ciao!
Sofia

VII

Gennaio 1979

Doveva essere roba davvero buona

Cercai di razionalizzare gli avvenimenti. Ripensando alla mia storia con Alice sapevo di averla amata ma sempre con la certezza che un giorno o l'altro lei mi avrebbe lasciato.

L'avevo sempre saputo, solo che a un certo punto mi ero illuso di sbagliarmi. Avevo creduto al nostro amore, come ero stato stupido!

Decisi che, da quel momento in poi, l'amore non mi sarebbe interessato più.

Lo odiavo, quel sentimento: e odiavo anche tutto il resto. Al diavolo tutti quanti!

Ripresi a scrivere, collaborando con diversi giornali e racimolando qualche soldo.

Passavo il resto del tempo ascoltando musica, andando al cinema e cercando un lavoro serio. Qualcosa da fare capitava sempre e le giornate si riempirono di impegni.

Mi capitò di allacciare qualche flirt ma facevo di tutto per non trasformare nessuna nuova relazione in qualcosa di serio.

A volte me ne andavo in giro da solo, per la città senza una meta precisa, ripensando ai tanti momenti di intimità passati assieme a lei, ad Alice, alle tante occasioni in cui avrei voluto possederla e mi ero trattenuto: ma come avevo potuto essere tanto stupido?

Avrei dovuto farla mia, gettarla sul letto e affondare il mio sesso dentro di lei, all'inizio forse avrebbe opposto resistenza, ma poi avrebbe ceduto urlando di piacere.

I nostri sguardi non sarebbero stati più gli stessi, ma lei non mi avrebbe più tradito, forse.

In questo film mentale ero solito tuffarmi quando percorrevo le vie del centro sperando di non incontrare nessuno che mi chiedesse: «*E Alice come sta?*»

Non l'avrei sopportato. Quando, in lontananza, scorgevo un conoscente scantonavo in modo da non farmi vedere.

Una sera mi ritrovai ai giardini pubblici.

Non era raccomandabile aggirarsi da quelle parti al buio, si potevano fare brutti incontri; stavo passeggiando su un vialetto quando scorsi delle persone sedute sui gradini di un monumento. Apparentemente, stavano ridendo e scherzando in maniera pacifica.

Poiché era buio e non riuscivo a distinguerle, mi avvicinai con la speranza di trovare qualche amico. Invece no.

Quando misi a fuoco, mi accorsi che erano un gruppo di giovani, molto noti in città, di cui si diceva fossero dediti al consumo di droga e senza scopi precisi nella vita.

Fra costoro c'era qualcuno che aveva messo su una comune e altri che, pur provenendo da famiglie agiate, volevano provare l'ebbrezza di una vita controcorrente.

A quel punto era troppo tardi per voltarmi e tornare indietro, così decisi di proseguire verso di loro. Fondamentalmente, nonostante la cattiva fama, era brava gente.

«Ciao, e tu da dove sbuchi?» mi interpellò uno.

«Niente, passavo di qua» risposi, un po' in imbarazzo.

«Dai, siediti» mi disse un altro.

Mi accomodai in mezzo a due energumeni sentendomi un po' a disagio.

Senza troppi preamboli, il tipo alla mia sinistra mi offrì una grossa canna che stavano facendo girare.

«Hai mai provato questa? Su, fai un tiro.»

Non avevo mai fumato roba del genere, le uniche sigarette che mi erano passate per le mani erano state le gitane gialle che spesso mi offriva Alice quando giungevamo a uno stadio di complicità superiore e che io accettavo senza batter ciglio.

Pensai che sarebbe stato meglio non fare discussioni, così presi quella specie di cannone, lo avvicinai alle labbra e aspirai.

Doveva essere roba davvero buona, oppure sarà stata la mia assoluta mancanza di abitudine a quel tipo di fumo; fatto sta che non ci volle molto che una rilassatezza generale, mai provata in precedenza, invadesse a poco a poco le mie membra.

Non era affatto male, compreso quel piacevole e tenue intontimento generale.

Passai la canna al vicino acquisendo punti di considerazione agli occhi di quegli amici occasionali.

La canna fece ancora un paio di giri, la aspirai con meno intensità, volevo mantenere il controllo della situazione. Poi un paio di ragazzi si alzarono e se ne andarono.

Quando dopo cinque minuti vidi arrivare una macchina della polizia con la sirena luminosa accesa, pensai che fosse giunto il tempo di levare le tende anche per me.

Mi alzai. Non avevo nessuna intenzione di finire schedato dalla polizia e poi per una stupidata del genere, dopo esser passato indenne attraverso le forche caudine dei famigerati controlli nei giorni del rapimento Moro.

«Vi saluto, devo andare, grazie di tutto.»

«E dove vai?»

«Cazzi suoi, di che t'impicci?» rispose uno.

«Dalla mia ragazza» bluffai.

«Ciao, amico, quando vuoi noi siamo sempre qui.»

«Grazie, terrò presente.»

Mi incamminai tirando un sospiro di sollievo.

Dopo tutto, erano innocui.

Quando se li scioglieva, emanavano un fascino tutto particolare

Un giorno rividi una mia vecchia conoscenza, Sofia.

Quando m'imbattei in lei, mi ricordai di quanto mi piacesse qualche anno prima quando frequentavo ancora il gruppo parrocchiale del quartiere. Allora non avevo avuto il coraggio di dichiararmi.

Ora Sofia faceva parte di quel gruppo di persone che incontravo spesso per riempire le serate libere.

Gente tranquilla che si spostava in comitiva per le vie del centro, parlando di politica, frequentando le bettole di periferia, bevendo birra e cantando le canzoni di De André e Guccini.

Un po' per gioco e un po' per scommessa, e anche un po' per vendetta con quell'altro me stesso, colpevole di aver causato la fine della relazione con Alice, l'avvicinai.

«Ciao, Sofia» le dissi.

Dopo una serie di parole di convenienza, prima di lasciarci, le dissi quello che mi frullava in testa.

«Volevo dirti una cosa, senti, ho una certa attrazione per te, magari potremmo conoscerci meglio» buttai là senza tanti giri di parole.

Lei ci pensò un po' su e rispose: «No, io non ho questa attrazione nei tuoi confronti. Però sì, potremmo conoscerci.» Mi complimentai con me stesso per quello che considerai un successo, nonostante le premesse.

Cominciammo a frequentarci, a uscire assieme la sera, ma senza isolarci e mantenendo i contatti con gli amici.

Trascorremmo l'estate del 1979 in tenda in montagna da qualche parte in Trentino con il solito gruppo di amici.

Provai a fare l'amore, lei aveva paura, si ritrasse, non volli insistere. Tuttavia, non mancavano interessanti parentesi di intimità. Davanti al castello in città c'era un giardinetto incolto. Una notte, al ritorno dalle vacanze, ci trovammo a passeggiare da quelle parti. Ci fermammo dietro a un albero, nascosti dal traffico delle auto che transitavano.

Incominciammo a baciarci, poi lei mi abbassò la cerniera dei pantaloni e infilò la mano nei miei slip massaggiandomi il sesso con insistenza. Il traffico attorno a noi stava aumentando.

«Vieni, stiamo dando spettacolo, spostiamoci un po' più in là» le dissi portandola via.

Sofia non era una ragazza appariscente, eccetto per un particolare. I capelli. Li teneva legati dietro in modo da farli passare inosservati, ma quando se li scioglieva emanavano un fascino tutto particolare. Erano leggermente crespi e, una volta liberi, si espandevano in modo esagerato così da coprirle tutto il viso. Una cosa tremendamente sexy.

Alla fine di quell'anno, però, il nostro rapporto si affievolì.

Stavo con lei ma pensavo sempre ad Alice. Sul mio ex grande amore perduto raccoglievo qualche sporadica informazione orecchiata qua e là, ma mai a nessuno chiesi dettagli più precisi.

Continuava a lavorare in quella cooperativa, forse faceva lavori di spazzinaggio in giro per la città, forse si occupava di disabili. Ero al corrente che alcuni amici la incontravano la mattina presto in giro vestita in modo trasandato, ma queste erano notizie che non volevo verificare, forse erano solo arricchite di particolari grotteschi da parte delle solite malelingue.

Pensavo che avrebbe dovuto laurearsi. Non potevo immaginare Alice senza i suoi libri, i suoi studi, i suoi lirici greci e latini. Ma ormai non mi riguardava più.

Ero arrabbiato e indifferente, non proprio indifferente però, perché continuavo a temere, impotente, per il suo bene.

Adesso avevo Sofia, per quanto questa relazione non fosse per entrambi di quelle totalizzanti: quando ci incontravamo con gli amici, arrivavamo agli appuntamenti mano nella mano, ma subito ci separavamo per ritrovarci all'ora del rientro a casa.

In quell'anno iniziai finalmente un lavoro vero e proprio.

Era stata emanata una legge che incentivava l'occupazione straordinaria che prevedeva la costituzione di liste speciali di giovani disoccupati. A queste liste i datori di lavoro potevano attingere per chiamata diretta.

Ricevetti una proposta di lavoro dall'Inps che accettai. Era un lavoro di data entry, non esattamente quello a cui ambivo, ma era pur sempre un lavoro pagato.

Dopo nemmeno un mese ricevetti una seconda proposta di lavoro, una borsa di studio di ricerca presso un ente privato milanese. Si trattava di un bel lavoro, molto collegato alla mia tesi di laurea.

Decisi di abbandonare l'Inps, il *posto fisso*, e tentare quella nuova via. Dovetti riprendere a viaggiare verso Milano.

Dicembre 1979

La neve continuava a scendere a larghe falde

All'inizio del mese Veronica si rifece viva con una telefonata.

«Che schifo, per questo capodanno non so che cazzo fare.»

«Io vado a Venezia con amici, vuoi venire? Siamo in tanti, costo zero.»

«Ma dai? Certo che ci vengo, che gente è?»

«Gente tranquilla come me, studenti universitari, hanno affittato la casa tutto l'anno e durante le feste di Natale l'università è chiusa e hanno invitato anche altri per l'ultimo dell'anno. Se vuoi dico che ci sei anche tu.»

Ci accordammo. Ci saremmo trovati sul treno assieme agli altri.

Feci il viaggio nello scompartimento assieme a Sofia e ad altri due amici.

In stazione a Milano andai in cerca di Veronica, che avrebbe dovuto prendere lo stesso treno – veniva anche lei a Venezia – ma dopo aver percorso più volte tutti i vagoni da cima a fondo, non la trovai.

In realtà ero solo io a conoscerla perché gli altri non l'avevano mai vista. *Peccato, ci ha bidonato, avrà avuto dei problemi,* pensai.

Solo alla stazione di Venezia scesi dal treno e camminando lungo il binario la vidi.

«Ehi, ma allora ci sei!» le dissi subito andandole incontro.

«Cazzo! Bel viaggio mi avete fatto fare, tutta sola!»

La casa che avevamo preso per un paio di notti era affacciata sulla laguna, era molto ampia e ci preparammo per la notte di Capodanno.

Uscimmo dopo aver mangiato qualcosa, dirigendoci per le calli della città. Stava cominciando a nevicare.

Lo spettacolo era affascinante, da fiaba, a un certo punto giungemmo in una piazzetta.

La chiesa dei Miracoli era davanti a noi e il sagrato era ricoperto da uno strato di neve intonso, alto già alcuni centimetri, la visione era incantevole.

Poco distante da me vidi Veronica in mezzo al gruppo, aveva fatto subito amicizia, al mio fianco c'era Sofia.

La neve continuava a scendere a larghe falde e la chiesa era striata dai fiocchi in caduta, sembrava di vivere in un dipinto. Mi voltai, abbracciai Sofia e la baciai intensamente affondandole la lingua in bocca.

Il gruppo intanto si era mosso e noi rimanemmo indietro, poi continuammo la marcia.

Dopo quel Capodanno, con Veronica tutto riprese come prima. Forse era questo il segreto di quella relazione così improbabile: tutti e due riuscivamo a inquadrare, in uno spazio di evasione, la sospensione del tempo in cui tutti i problemi stavano al di fuori.

Ci incontravamo spesso di fronte all'ingresso principale della Rinascente, d'inverno era molto freddo, ma nell'attesa si stava sulla soglia dove soffiava il vento caldo, caldissimo, del ricambio dell'aria.

Un giorno le diedi appuntamento davanti alla Scala.

«Bella, Venezia! Ho notato che con Sofia ci davi dentro» mi disse all'improvviso.

«Già» risposi poco convinto.

«Ti manca il sacro fuoco, eh?»

Alludeva ridendo sotto i baffi, avendo colto al volo il problema: in realtà molto probabilmente stava compiacendosi nel rigirarmi il coltello nella piaga.

«Lo sai cosa, Veronica?»

«Cosa?»

«Mi sembra di vedere tutto come in un film, io sto davanti e le cose mi scorrono come su uno schermo.»

«Sei sicuro di sentirti bene?»

Veronica mi riportava sempre con i piedi per terra, forse avrei avuto bisogno proprio di una come lei, accanto a me.

Non senza una punta di rimpianto, pensai che se al suo posto ci fosse stata Alice avremmo incominciato una lunga discussione senza forse terminarla mai.

In compenso avremmo mangiato certamente molti più gelati.

Gennaio 1980

Ci salutammo senza darci un nuovo appuntamento

Gli anni Settanta erano finiti. Avevo una nuova ragazza e un lavoro. Le cose si stavano mettendo al meglio.

Ero ormai avviato verso un futuro meno precario ed ero diventato autonomo economicamente e anche psicologicamente.

Come a suggellare la rottura definitiva con il periodo della giovinezza, accadde che un giorno persi definitivamente la mia gloriosa Cinquecento.

Ogni mattina parcheggiavo l'auto lungo la circonvallazione interna a pochi passi dalla stazione ferroviaria. La Cinquecento stava lì, sola soletta, ad attendere il mio ritorno fin verso le 19.

Un brutto giorno non la ritrovai. Tornai a casa mestamente, a piedi.

Speravo di rinvenirla come era accaduto solo pochi anni prima con la Cinquecento di Viola e in effetti, dopo un paio di settimane, ricevetti una telefonata dalla polizia.

Andai a vederla ed era ridotta proprio male. Tutti i vetri erano rotti, i sedili divelti, portiere e cofano anteriore e posteriore praticamente distrutti, pezzi di motore staccati, mancavano completamente le ruote. Acquistare una nuova auto sarebbe costato di meno.

La feci rottamare e rimasi senza auto per un po' di tempo. Anche quel furto segnava la fine di un'epoca spensierata, confusa, solitaria e molto innamorata.

Sofia ogni tanto mi veniva a trovare in ufficio, a Milano. La presentai ai colleghi e alle segretarie senza che si instaurasse nessuna particolare reazione chimica.

Con un collega di lavoro organizzammo una scampagnata nella mia casa di montagna dove avevo fatto l'amore per la prima volta in vita mia con Viola.

La casa era come al solito fredda, lui venne con la ragazza che avrebbe sposato di lì a pochi mesi. Accendemmo il camino. Ci divertimmo comunque.

Nel complesso, continuavo a pensare ad Alice, nonostante Sofia.

La storia con lei sembrava non voler decollare, si trascinava per inerzia e la cosa non mi piaceva, ero abituato a ben altro.

Una sera attorno alle venti ci ritrovammo per caso in stazione a Milano, salimmo su un treno locale semideserto e ci piazzammo comunque sul primo vagone dove non c'era mai nessuno.

Non avevamo niente da dirci e ci baciammo per tutto il viaggio fino all'arrivo.

Giunti a destinazione, ci salutammo senza darci un nuovo appuntamento.

Nessuno dei due ebbe il coraggio di buttarsi, di credere fino in fondo in quella nostra storia.

Un giorno lei mi disse: «Sentiti libero, se vuoi tornare con Alice o metterti con un'altra per me non è un problema.»

Non dissi nulla.

30 maggio 2018 – ore 6

Risveglio

Finalmente mi svegliai, avevo passato una notte agitata, ma ora tutto mi si era chiarito: sarei stato in grado di scrivere.

EPILOGO

29 maggio 2018 – ore 12

Il ritorno di Alice (parte seconda)

Senza dire una parola, io e Alice restammo lì abbracciati come dovessimo riprendere il respiro poiché le parole ci uscivano impacciate.

«Preferisci sederti dentro o fuori?» le domandai.

«Fuori.»

Pensavo che avrebbe preferito restarsene al riparo da possibili sguardi indiscreti: chissà quali sarebbero stati i commenti di qualche conoscente di passaggio caso mai ci avesse visti seduti assieme al bar.

Scegliemmo un tavolino nemmeno tanto appartato, invece.

Fu lei a rompere il ghiaccio: «Tu hai rappresentato il periodo più sereno e limpido della mia vita, ricordo quegli anni con dolcezza, ti ho voluto bene.»

«Non sai quanto, anche io. Forse avrei dovuto chiederti di sposarmi» risposi.

«Le cose che sono successe dovevano succedere. Quando ti lasciai lo feci perché c'era una cosa che ora ti posso dire, ma allora non trovavo le parole giuste per esprimerlo,»

La guardai, incuriosito.

«È che io... non riuscivo a baciarti, francamente non me lo so spiegare, ma era così, vivere assieme non sarebbe stato giusto, per te».

«Beh, Alice, io ci riuscivo benissimo, però ricordo che una volta mi dicesti qualcosa del genere, pensai a un problema passeggero, non gli diedi molta importanza, allora.»

Nel guardarla trattenni a stento una lacrima, spostai lo sguardo altrove, lontano, addentai nervosamente una patatina dell'aperitivo e pensai che, dopo tutto, quella rottura non mi faceva male.

Non avevo comunque mai compreso perché non avevo sofferto come forse avrei voluto.

Solo in quel momento capii una cosa importante che anch'io non le avevo mai detto: quando ci lasciammo le volevo tanto bene da comprendere, forse più inconsciamente che razionalmente, che fosse giunto il tempo per lei di andarsene via, libera. Cercai di spiegarglielo.

«Per me è stata la stessa cosa» disse rispondendo proprio a quel pensiero che avevo appena espresso.

Lettera ad Alice del 29 maggio 2018 – sera

Cara Alice, la stagione più bella e serena della mia giovinezza è stato averti incontrata, conosciuta, aver mangiato assieme, passato serate al bar a ordinare gelati, vederti studiare al grande tavolo quadrato della tua stanza su cui salivi in piedi per cercare i libri negli scaffali alti, essersi confessati interminabili confidenze, aver immaginato un futuro con la speranza dei vent'anni, venirti a trovare nella tua casa di ringhiera, averti accompagnato al lavoro la mattina presto attraversando la campagna annebbiata, aver ascoltato assieme a te Chopin una notte intera, aver visitato il museo vaticano che il direttore aveva aperto solo per noi, averti fotografato a Vulci; aver corso come due bambini sui prati della val Formazza, aver trascorso tre giorni interi a casa mia noi due soli, e poi parlare parlare e parlare; le tue doppie punte, aver litigato e fatto la pace, essersi rispettati e, forse, cercati tutta la vita, aver sofferto e riso a crepapelle come mai mi sarebbe più capitato, averti vista andare via, e oggi averti abbracciata forte come non mai. Così solo adesso ho capito tutto il bene che ti ho voluto, e di volertene ancora, sempre.

È stato così che questo libro ha preso forma.

Dopo aver rivisto Alice andai a riprendere quegli appunti cominciati trent'anni prima.

In pochi giorni li terminai attingendo a tutti i ricordi evocati in sogno che ora non si sarebbero più cancellati, anzi, scrivendo, molte cose che avevo scordato erano ritornate alla mente, assieme a tanti particolari che non ricordavo nemmeno più di aver vissuto veramente oppure soltanto immaginato.

Tutto però era alquanto verosimile, e cosa c'è di più

sincero? Finii di scrivere a notte inoltrata e mi addormentai sulla tastiera.

Forse fu per quello, per la vicinanza con quei ricordi trasferiti nella memoria del computer freschi freschi, che ripresi quello strano sogno interrotto tanti anni prima...

Veronica: *«Wow che storia, sapete che mi sono commossa?»*

Viola: *«Lui era proprio carino, eh?»*

Alice: *«Già, potevi tenerlo invece di lasciartelo scappare!»*

Viola: *«Senti chi parla, proprio tu che gli scrivevi quelle sbrodolate melense, ti voglio bene qui ti voglio bene là... palle.»*

Sabrina: *«Certo che ora è cambiato, quasi quasi...»*

Rosy: *«Eh, dai, dopo quarant'anni magari era ora, ti pare?»*

Sonia: *«Pensa, però, che ha tenuto tutte le nostre lettere.»*

Giorgia: *«Pure quella di Asia che secondo me lui non si ricorda nemmeno com'è fatta.»*

Asia: *«Che stronza, però, sei...»*

Sofia: *«Dai, facciamo la pace, pensa che bello, non ci straccerà più!»*

Rosy: *«Hai visto? Ci ha portate su nell'appartamento.»*

Alice: *«Sta scrivendo un libro su di noi.»*

Sabrina: *«Dici che diventeremo famose?»*

Viola: *«Oh sì, da morire!»*

Giorgia: *«Uh, che spirito! Sei proprio scema, sai?»*

Viola: *«E tu...?»*

Sofia: *«Su, finitela, non fate tutto 'sto casino. Guardate, sta arrivando!»*

Alice: *«Shhh! Che ci chiude ancora dentro la scatola!»*

Sabrina: «*Speriamo di no.*»
La scatola si richiude.

Di Asia non ebbi più notizie, né io la cercai.

Rosy si sposò, e mi restò un senso di colpa che mi accompagnava tutte le volte in cui avrei pensato a quel periodo passato con lei.

Anche Giorgia si sposò ed ebbe dei figli. Sofia restò single. Sonia rimase al suo paese e si sposò.

Anche Viola si sposò, ebbe dei figli e andò a vivere lontano. Venni a sapere che Alice, in un impeto di rabbia, distrusse tutte le lettere che le avevo scritto, si sposò, ma non con il suo ex e ebbe dei figli, un giorno si separò.

Veronica si sposò, rimase vedova, non ebbe figli. Provai a scrivere a Sabrina inviandole una lettera all'indirizzo che trovai sulle pagine bianche, ma non mi rispose.

Il prete del gruppo giovanile che frequentavo e che abbandonai per amore di Viola non l'aveva presa male e, anzi, restammo buoni amici. Lo rividi diverse volte dopo quegli eventi assieme ad Anna. Ci trovammo qualche volta all'ora di pranzo a mangiare in una trattoria di campagna. Morì prematuramente nel 2008.

Tenni le pietrine con il bigliettino che Viola mi regalò nel Natale del 1974 nel cassetto della mia scrivania per molto tempo. Poi le riposi nella scatola delle ex dove rimasero circa trent'anni.

Riaprii il minuscolo contenitore di plastica che conteneva le pietrine nel 2018 e lo richiusi subito.

In tutti quegli anni non avevo dimenticato la loro esistenza e, in diverse occasioni, avevo pensato di farle incastonare da un orefice in una collana oppure di regalarle a mia volta come aveva fatto Viola. Ma non lo feci.

Pensai di trattenerne una e restituire le altre a Viola affinché potesse donarle nuovamente alle persone a lei più care come aveva fatto con me. Ma non so dove oggi Viola si trovi.

Attorno al 2005 mi misi a studiare l'I Ching, scoprendo che non facevano per me: mi bastava una sola fede e non avevo spazio per una seconda.

Nella scatola delle ex ci sono ancora conservate le lettere di altre ragazze, il cui volto faccio fatica a ricordare, che risalgono a quel periodo di amori sofferti; oggi le immagino felici sessantenni circondate da pochi o tanti nipotini, chissà.

C'era un'ultima storia che non ho finito di raccontare

La scatola delle ex si era richiusa, però non ero del tutto tranquillo, c'era ancora qualcosa che mi inquietava e non riuscivo a spiegarmi che cosa. Poi all'improvviso mi resi conto. Che stupido ero stato, come avevo fatto a non pensarci?

C'era un'ultima storia di cui non avevo parlato, quella più importante di tutte. Quella della ragazza che avevo sposato.

Tutte le relazioni precedenti mi avevano trasformato, reso più forte. Non ero più il ragazzo impacciato dell'inizio degli anni Settanta incapace di costruire rapporti personali importanti, specie con l'altro sesso, per quanto, alla fine di quel decennio, mi sentissi profondamente disilluso.

Reduce da esperienze sentimentali psicologicamente estenuanti, avevo bisogno di una rottura definitiva con il passato. Non cercavo più il grande amore. Li avevo trovati e mi avevano tradito e avevo giurato che non mi sarei più lasciato tradire da nessuno.

La mia futura moglie e io ci mettemmo assieme all'inizio degli anni Ottanta quasi per gioco, o forse questo era solo quello che pensavo io.

Quando le circostanze della vita ci fecero ritrovare, sapevamo che le nostre strade si erano già incrociate tanto tempo prima.

Ricordavo bene un breve colloquio con lei al gruppo cattolico di qualche anno addietro, proprio quel giorno in cui Sonia stava aspettando che l'accompagnassi a casa in bici.

In quel frangente ero distratto, non volevo far attendere Sonia, e non ricordo l'argomento di cui stavamo parlando.

Avevo però di quella ragazza altri flash in memoria: di quando, a conclusione di una preghiera natalizia di gruppo, la accompagnammo, ed eravamo una quindicina, dalla via delle Orfane fino a casa sua, attraversando a piedi mezza città; o quella volta quando la vidi a casa di Alice intenta a studiare storia romana.

Quando iniziammo a frequentarci con una certa assiduità, quello che mi piacque di lei fu la sua normalità controcorrente. Spesso vestiva da donna in carriera, indossava tailleur eleganti che le davano un'aria matura, esprimeva una certa concretezza professionale che non avevo riscontrato fra le ragazze conosciute in precedenza.

Di lei apprezzavo anche la sua fisicità: una fisicità consistente e al tempo stesso armoniosa, ben diversa da quei modelli femminili anoressici alla Kate Moss verso i quali provavo forte attrazione e di cui mi ero perdutamente, quanto inutilmente, innamorato.

Bruciammo un po' le tappe, me ne resi conto quando un giorno mi disse, dopo aver fatto l'amore: «Non pensare che io sia solita concedere così tanto a un ragazzo solo al terzo appuntamento».

Pensai che era arrivato il tempo di mettere fine alla stagione dei giochi e a poco a poco entrai, non senza fatica, in una nuova prospettiva.

Entrambi eravamo a conoscenza delle nostre vicissitudini sentimentali precedenti, ma intelligentemente né lei né io ci ponevamo eccessive domande sui nostri rispettivi trascorsi.

Molto spesso era lei a richiamarmi a causa della mia incostanza e il suo richiamo faceva il paio con una vocina che sentivo dentro di me: lei ti vuole bene, stai attento a quello che fai! Non doveva essere semplice starmi dietro.

Ci lasciammo un paio di volte, ma ero poi io a ritornare sui miei passi in preda a crisi di tenerezza nei suoi riguardi. Avemmo la singolare opportunità di lavorare entrambi nello stesso edificio a Milano sia pure per datori di lavoro differenti.

Ricordo una giornata. Avevamo deciso, la sera prima, che non ci saremmo visti più.

Il pomeriggio passai per caso davanti al suo ufficio e vidi che s'era appena versata un intero vasetto di inchiostro di china sui pantaloni bianchi, un vero disastro.

Sbirciando senza farmi notare, la scorsi mentre cercava di riparare il danno senza migliorare granché la situazione, era proprio nei guai e in quel momento mi fece tanta tenerezza.

A fine giornata la raggiunsi sulla via della stazione, mi affiancai e le sussurrai: «Scusami per ieri, mi ero sbagliato.» Lei mi abbracciò, tutta contenta.

Il suo senso pratico superava mille difficoltà. Ci vedevamo praticamente tutti i giorni e passavamo assieme anche i week-end.

Una sera tornando a casa a piedi dalla stazione si fermò improvvisamente e mi disse: «Senti, sono stanca di questa routine, visto che ci vediamo tutti i giorni, perché non ci sposiamo?»

La proposta fu per me come uno shock, ma era arrivata

al momento giusto.

Ci sposammo qualche mese dopo e mettemmo su casa in un minuscolo bilocale che lasciammo presto per un appartamento più grande quando fu chiaro che saremmo diventati tre.

Da fidanzati non ci scambiammo molte lettere, io gliene scrissi una e lei mi rispose, tutto lì.

Ma la sua lettera non entrò nella scatola delle ex che ancora non si chiamava così perché non aveva un nome. E questo era un segno.

D'altra parte, non si può mai sapere come le storie possono continuare una volta incominciate.

Tutto è così (im)prevedibile...

FINE

RINGRAZIAMENTI

Grazie, care lettrici e cari lettori, per la vostra fiducia e per le emozioni che questo libro spero vi avranno suscitato.

Grazie a tutte le persone che ne hanno reso possibile la realizzazione.

In primo luogo, ringrazio le giovani donne che hanno dato vita alla Scatola delle Ex. Assieme a tutti gli altri personaggi di questo libro, continueranno ad avere per sempre nei miei ricordi i loro splendidi vent'anni!

Grazie alle amiche scrittrici Marinella Boccadamo e Simona Mendo per i loro preziosi suggerimenti e per le loro franche osservazioni nella fase di beta reading.

Un grazie enorme a Chiara Kiki Effe, autrice di romanzi e racconti avvincenti, per il suo attento e rispettoso intervento nella fase di correzione di bozza, per i suggerimenti in fase di editing, e per le tante chiacchierate grazie alle quali progressivamente sono stati risolti i molti, piccoli e grandi, problemi di struttura.

A Eileen Browne, grazie per la revisione dei dialoghi in inglese.

Grazie, Samantha, per la tua appassionata lettura, sei stata la prima a credere in quest'opera quando ancora non sapevo se avrebbe mai visto la luce.

Grazie Alice, per il tuo sostegno.

Un grazie particolare a Luciano M.P. per la bella copertina e a Federico I. per l'efficace tocco finale.

Un grazie speciale infine a mia moglie che avrà scoperto, dopo trentacinque anni, di aver sposato uno con qualche rotella fuori posto... (ma io dico che l'ha sempre saputo).

Indice

Tutto come (im)previsto
La scatola delle Ex